हिन्द पॉकेट बुक्स

मृत्यु के बाद

क्या, कहां, कैसे?

जे. डी. गोयल एक प्रमुख समाजसेवी हैं। आप ब्रह्मज्ञान मंडल (थियोसोफिस्ट) के सक्रिय कार्यकर्ता हैं और समाज सुधार के कार्यों में बढ़-चढ़कर हिस्सा लेते हैं। गुप्त अध्यात्म ज्ञान पर आपने कई उत्कृष्ट पुस्तकें लिखी हैं, जो भारतीय संस्कृति और अवधारणा की प्रामाणिकता साबित करती हैं। लेखन एवं समाजसेवा के क्षेत्र में अनुकरणीय कार्य करने के कारण आपको अनेक पुरस्कार भी मिल चुके हैं।

मृत्यु के बाद
क्या, कहां, कैसे?

परलोक जीवन की प्रामाणिक घटनाएं

जे. डी. गोयल

हिन्द पॉकेट बुक्स
पेंगुइन रैंडम हाउस इम्प्रिंट

हिन्द पॉकेट बुक्स

यूएसए | कनाडा | यूके | आयरलैंड | ऑस्ट्रेलिया | सिंगापुर
न्यू ज़ीलैंड | भारत | दक्षिण अफ्रीका | चीन

हिन्द पॉकेट बुक्स, पेंगुइन रैंडम हाउस ग्रुप ऑफ़ कम्पनीज़ का हिस्सा है,
जिसका पता global.penguinrandomhouse.com पर मिलेगा

पेंगुइन रैंडम हाउस इंडिया प्रा. लि.,
चौथी मंजिल, कैपिटल टावर -1, एम जी रोड,
गुड़गांव 122 002, हरियाणा, भारत

पेंगुइन
रैंडम हाउस
इंडिया

प्रथम हिन्दी संस्करण हिन्द पॉकेट बुक्स द्वारा 2019 में प्रकाशित
यह हिन्दी संस्करण हिन्द पॉकेट बुक्स में पेंगुइन रैंडम हाउस द्वारा 2022 में प्रकाशित

10 9 8 7 6 5 4 3 2

इस पुस्तक में व्यक्त विचार लेखक के अपने हैं, जिनका यथासंभव तथ्यात्मक
सत्यापन किया गया है, और इस संबंध में प्रकाशक एवं सहयोगी
प्रकाशक किसी भी रूप में उत्तरदायी नहीं हैं।

ISBN 9789353492304

मुद्रकः रेप्रो इंडिया लिमिटेड

www.penguin.co.in

FSC www.fsc.org MIX Paper from responsible sources FSC® C047271

This is a legitimate digitally printed version of the book and therefore might not
have certain extra finishing on the cover.

क्रम

भूमिका

मुझे जे. डी. गोयल की पुस्तक 'मृत्यु के बाद : क्या, कहां, कैसे' को पूर्ण रूप से पढ़ने का अवसर मिला है। मेरे विचार से सत्य की खोज में आधुनिक पुरुष के लिए यह एक अपूर्व भेंट है।

क्योंकि भिन्न-भिन्न धर्मों एवं सम्प्रदायों में मरणोपरान्त जीवन के सम्बन्ध में कुछ परस्पर विरोधी धारणाएं प्रचलित हैं, अतएव इस विषय पर इस संसार में एक बहुत बड़ी भ्रान्ति छाई हुई है। फलस्वरूप आज का विचारशील मनुष्य जड़वाद की छत्रछाया में इस सुलभ और सहज धारणा को अपना बैठा है कि मृत्यु के बाद उसका कुछ भी बाक़ी नहीं रहता।

परन्तु प्रकृति का नियम विश्वव्यापी है, उसमें अपवाद के लिए कोई स्थान नहीं। वह एक कण से लेकर बड़े-से-बड़े तारा-मण्डल को एक अकाट्य नियम के सूत्र में बांधे हुए है। अतएव मानव की जीवात्मा, जो इस सृष्टि की एक उच्चतम देन है, कैसे उसके विधान से मुक्त रह सकती है? क्या उसकी शृंखला के केवल एक जीवन तक सीमित रह सकती है? यह एक मौलिक प्रश्न है।

सौभाग्य से प्राचीन समय में प्रत्येक जाति के पूर्वज इन नियमों से भली-भांति परिचित थे और यही कारण था कि वे अपने-आपको अपने जीवनकाल में ही उनके अनुरूप ढाल लेते थे। भारतवर्ष में वानप्रस्थ और संन्यास जीवन की परिपाटी कदाचित् उन नियमों के प्रति जागरूक होने का प्रमाण है, क्योंकि यही वह रास्ता है, जिसके अंतर्गत पारलौकिक जीवन में विकास अवश्यम्भावी हो जाता है।

हम जिन प्राचीन मूल्यों को भूल चुके थे, उनको अपनाने में पिछले

सौ साल में बहुत महत्त्वपूर्ण प्रगति हुई है और थियोसोफ़िकल सोसायटी के नेताओं ने इस दिशा में अपूर्व योगदान दिया है। उन्होंने परलोक और मरणोपरान्त जीवन के नियमों पर, जो जनसाधारण की जानकारी से बाहर हो चुके थे, प्रभावशाली ढंग से प्रकाश डाला है। दूसरे शब्दों में मृत्यु और पारलौकिक का रहस्य, जो अब तक एक अनिश्चित और भयमिश्रित अज्ञान के पर्दे में छिपा हुआ था, उसकी वास्तविक प्रतिमा का सत्य के पुजारियों और जिज्ञासु जनों के सूचनार्थ वैज्ञानिक ढंग से अनावरण किया है।

इस रहस्योद्घाटन के फलस्वरूप जीवन और मृत्यु के बीच, जो एक दीवार विद्यमान थी और जिसने उनको एक विरोधी वर्ग की संज्ञा दे रखी थी, अब नहीं रही है। ब्रह्मज्ञान (थियोसोफ़ी) के दिव्य प्रकाश में अब यह तथ्य उभर आया है कि मानवीय जीवात्मा के लिए मृत्यु का कोई अस्तित्व नहीं है। मृत्यु दूसरे शब्दों में, ऊपर के नश्वर आवरण को त्यागने का नाम है।

गोस्वामी तुलसीदास ने भी जीव की परिभाषा बताते हुए कहा है, 'ईश्वर अंश जीव अविनाशी'। परन्तु इस तथ्य को साधना द्वारा ही हृदयंगम किया जाता है। प्रत्येक शरीर की मृत्यु के उपरान्त जीव अपने असली तत्त्व के समीप जाता है। जो ऊंचे और आत्मानुभूति के लोग हैं, उनको मृत्यु कोई भय उपस्थित नहीं करती, बल्कि उनके लिए विकास और विभूतिमय जीवन का द्वार खोलती है और जो नीच और दुष्ट प्रकृति वाले हैं, उनको कुछ मानसिक वेदना के माध्यम से पवित्र और ऊंचा उठाने के साधन उपलब्ध कराती है, ताकि उनका भावी जीवन विकास के मार्ग का अनुसरण करने में समर्थ बन सके। मृत्यु इस अर्थ में अभिशाप नहीं, वरदान है।

बहुत-सी प्राचीन सभ्यताएं, जिनमें मिस्त्र देश की सभ्यता प्रमुख थी, मरणोपरान्त जीवन का ज्ञान विशेष रूप से शिक्षा का एक अंग समझती थी। ऐसा करने से मनुष्य अपने भौतिक जीवन को सच्चे मार्ग का अनुयायी बनाने के लिए प्रेरणा लेता था। आज की दुनिया में हमको जो अशान्ति, दुःख और सन्ताप चारों ओर दिखाई देते हैं, वे केवल जड़वाद की देन हैं, क्योंकि अज्ञान के अन्धकार में आज के मानव को न सच्चाई दृष्टिगोचर होती है, न उसे जीवन का वास्तविक ध्येय और लक्ष्य दिखाई देता है और न ही उसे सम्पूर्ण मानवीय संरचना का रत्तीभर भान है।

पुस्तक के लेखक ने न केवल उपर्युक्त तथ्यों और शंकाओं का समाधान किया है, बल्कि उन मौलिक नियमों पर भी सुचारु रूप से प्रकाश डाला है, जो मनुष्य को विकास और आत्मानुभूति की ओर ले जाते हैं और जिनके फलस्वरूप उसके वास्तविक आत्मतत्त्व के अनावरण में भी सहायता मिलती है।

मैं पूर्ण विश्वास के साथ कह सकता हूं कि इस अमूल्य और सुन्दर पुस्तक के अध्ययन से एक नए दृष्टिकोण का आविर्भाव सम्भव है, क्योंकि ऐसे दृष्टिकोण के सूत्रपात से ही किसी के हृदय में साधना के प्रति संकल्प बनते हैं और फिर ऐसे भाग्यशाली अपने विकास को सक्रिय रूप से अपने हाथों में लेकर, जो सुविधाएं उन्हें अपने व्यक्तिगत जीवन में उपलब्ध होती हैं, उनका पूरा लाभ उठाते हुए अपने लोक और परलोक दोनों को उज्ज्वल और सुखी बना सकते हैं।

अन्त में मैं लेखक महोदय को उनके इस साहसिक प्रयास पर बधाई देता हूं, जिसकी प्रेरणा से उन्होंने जगत के रहस्य को बड़ी सुन्दर और हृदयग्राही भाषा में जनसाधारण की जानकारी के लिए प्रस्तुत किया है।

मेरी यह भी धारणा है कि पुस्तक के अध्ययन से कुछ अर्द्धविकसित जनसमुदाय भी निवृत्ति मार्ग पर चलने की प्रेरणा ले सकता है। आधुनिक युग में बहुत कम लोग हैं, जो इस मार्ग को समझ पाए हैं और उस पर आचरण करने की क्षमता रखते हैं। आज मानवता उन सच्चाइयों की भूखी है, जो उसको आध्यात्मिक मार्ग पर चलने की प्रेरणा देती हैं और मैं आशा करता हूं, यह पुस्तक उस भूख को शान्त करने की पर्याप्त सामग्री प्रस्तुत करती है।

लेखक महोदय ने जिन स्वतन्त्र अन्वेषणों का उल्लेख किया है, उनसे इस पुस्तक का महत्त्व कई गुना बढ़ जाता है। बहुधा ये सारे अन्वेषण स्वलेखन-क्रिया द्वारा पाश्चात्य जगत में आधुनिक युग में ही किए गए हैं, परन्तु सबसे उत्साहवर्धक बात यह है कि उनके सन्दर्भ में पुस्तक में दिए हुए मूल सिद्धान्तों को पुष्टि और प्रमाण दोनों प्राप्त होते हैं। अतएव इस अकथनीय परिश्रम के लिए भी लेखक विशेष रूप से बधाई के पात्र हैं।

—बी.आर.मलिक

लेखक की ओर से

संसार में सबसे बड़ा आतंक, जो हर प्राणी पर छाया हुआ है, वह है 'मौत का डर' और सबसे बड़ा जो रहस्य है, वह है 'मरणोपरान्त जीवन'।

दुनिया के पचास प्रतिशत मानव आज इस धारणा को अपनाए हुए हैं कि मरने के बाद मनुष्य का कुछ भी बाकी नहीं रहता और वह भविष्य के अज्ञात अंधकार में विलीन हो जाता है। ऐसी धारणा पाश्चात्य देशों में अधिक फैली हुई है। पच्चीस प्रतिशत लोग आवागमन में शिथिल विश्वास लिए हुए हैं, क्योंकि उनका सम्बन्ध अधिकतर हिन्दू और बौद्ध धर्म से है, परन्तु 'परलोक' का उनकी धारणा में भी कोई स्थान नहीं है। कुछ ऐसा सोच बैठे हैं कि 'इस हाथ मरोगे और उस हाथ नया जन्म तैयार मिलेगा'। शेष पच्चीस प्रतिशत व्यक्तियों में वे लोग प्रमुख हैं, जो धर्मान्धता के शिकार हैं, क्योंकि उन्हें बताया गया है कि मरने के बाद मनुष्य अनिश्चित काल तक क़ब्र में सोता रहता है।

कदाचित हज़ारों में कोई एक ऐसा मनुष्य मिलेगा, जो आधुनिक अनुसंधान में विश्वास रखता हो और 'मृत्यु और परलोक' का वास्तविक रूप भी कुछ-कुछ समझता हो।

दूसरे शब्दों में परलोक और मृत्यु के बाद के जीवन के सम्बन्ध में आज इस संसार में जितनी भ्रान्ति है, वह कदाचित ही किसी अन्य विषय पर होगी।

मैंने यह पुस्तक किसी धर्म के आधार पर नहीं लिखी, क्योंकि किसी भी धर्म ने इस विषय पर कोई सच्चा चित्र प्रस्तुत नहीं किया है। आधुनिक युग में इस दिशा में समय-समय पर जो अनुसंधान हुए हैं,

अथवा स्वतन्त्र रूप से जो कुछ हमें जीवनमुक्त महात्माओं से ज्ञान प्राप्त हुआ है, वही इस पुस्तक की आधारशिला है।

पुस्तक लिखने का अभिप्राय साधारणतः विचारशील मनुष्यों को मृत्यु के भय से और मरणोपरान्त जीवन-सम्बन्धी व्यापक भ्रान्ति से मुक्त करना है। इसके अतिरिक्त, जो लोग मृत्युजनित वियोग से संतप्त रहते हैं, उनके जीवन में मेरा विश्वास है, एक आशा और विश्वास की ज्योति भी इसके अध्ययन से जग सकेगी, क्योंकि ऐसे बहुत-से दृष्टान्त सुलभ हैं, जिनके आधार पर परलोक में पहुंचे हुए इष्टमित्रों से पुनः सम्पर्क हो जाना सम्भव बताया गया है। इस प्रयास में मैं कहां तक सफल हो सका हूं, इसे तो पाठकवृन्द ही बता सकेंगे।

परलोक और पारलौकिक जीवन एक सच्चाई है, परन्तु उस सच्चाई को समझने के लिए मेरा अपने पाठकवृन्द से अनुरोध है कि उनको उस रूढ़िवाद से ऊंचा उठना होगा, जिसके अंतर्गत परलोक का एक बहुत भयानक चित्र खींचा गया है और कल्पना से भी दूर रहना होगा, जहां स्वर्गीय जीवन को सार्थक बनाने के लिए उसे अप्सराओं का अखाड़ा समझा गया है। तीसरे हमें उस नास्तिकवाद से भी दूर रहने की आवश्यकता है, जहां जड़वाद के पुजारी यह समझे बैठे हैं कि मरने के बाद मनुष्य का कुछ भी बाक़ी नहीं रहता अथवा यह कि मरने के तुरन्त बाद दूसरे जन्म की व्यवस्था हो जाती है।

उपर्युक्त परिस्थितियां केवल भ्रान्तिपूर्ण कल्पनाएं हैं, जो न तो सच सिद्ध हुई हैं और न युक्तिसंगत ही प्रतीत होती हैं।

पुस्तक की रचना में कहीं-कहीं उर्दू के शब्दों का भी प्रयोग किया है। ऐसा करने का मेरा एकमात्र उद्देश्य इस कृति को अधिक-से-अधिक प्रचलित हिन्दुस्तानी भाषा में बोधगम्य बनाना है, जिससे यह मेरी भेंट जनसाधारण तक पहुंच सके।

इस पुस्तक के लेखन के दौरान प्रो. बद्रीनारायण जी, थियोसोफ़िकल सोसायटी, वाराणसी, कुमारी सरस्वती देवी, एम. ए., वाइस प्रिंसिपल, गर्ल्स स्कूल, शाहदरा और डॉक्टर महेन्द्रकुमार, एम. ए., पी.एच-डी., जवाहरनगर, दिल्ली का समय-समय पर अमूल्य पथ-प्रदर्शन और सहयोग मिला है, उसके लिए मैं इन सबका अत्यन्त आभारी हूं।

अंत में पाठकों से निवेदन है कि यद्यपि इस पुस्तक में मरणोपरान्त जीवन के रहस्य को यथासम्भव अध्ययन, अनुसंधान, चिन्तन तथा विविध रिपोर्टों के तुलनात्मक परिणामों के आधार पर सहज भाषा में प्रस्तुत किया गया है, फिर भी किसी तथ्य पर और अधिक स्पष्टीकरण की आवश्यकता अनुभव हो तो वह हमें लिख सकते हैं।

—जे.डी. गोयल

1

क्या मृत्यु एक पहेली है?

आज एटम और रॉकेट के युग में, जबकि मनुष्य विज्ञान के सहारे चन्द्रमा पर उतरने में सफल हो गया है और कदाचित् जब से दुनिया बनी है, उसने अब पहली बार इस पृथ्वी से भौतिक शरीर के साथ उड़कर चांदनी बरसाने वाले चन्द्रमा जैसे नक्षत्र में जाकर उसका रहस्योद्‌घाटन किया है, परन्तु क्या कारण है कि एक बात, जो सबके जीवन में घटती है और जो सदा के लिए मनुष्य के प्यारे संबंधियों को छीनकर एक अज्ञात अंधकार में ढकेल देती है, ऐसी वह 'मृत्यु' क्यों इस विज्ञान के युग में अभी तक एक पहेली बनी हुई है?

मृत्यु के बाद मनुष्य का कुछ बाक़ी रहता है या नहीं? यदि रहता है, तो किस अवस्था में और कहां रहता है? परलोक किसे कहते हैं और वह कहां है? क्या हम अपने मृत्युग्रस्त इष्टमित्रों तथा सम्बन्धियों से भी मिल सकते हैं अथवा सब कुछ समाप्त हो जाता है। ये कई बहुत महत्त्वपूर्ण प्रश्न हैं।

यह कहना सर्वथा अनुचित होगा कि इन प्रश्नों के उत्तर आज के मानव को प्राप्त नहीं हुए हैं। मरणोपरान्त जीवन अब कोई रहस्य नहीं रहा है, परन्तु सबसे विचित्र बात जो इस दिशा में हुई है, वह यह कि इस सम्बन्ध में पूर्ण तथ्यों की जानकारी होने पर भी यह ज्ञान सर्वग्राही नहीं बन सका है और मृत्यु और मरणोपरांत जीवन औसत दर्जे के मनुष्य के लिए अब भी पहेली ही बने हुए हैं।

इस विरोधाभास का मुख्य कारण यह है कि इस दिशा में जो प्रगति हुई है, उसका माध्यम इन्द्रियजनित ज्ञान नहीं है। जिन महानुभावों को इस ज्ञान की उपलब्धि हुई है या तो वे उच्चकोटि के माहत्मा हैं, जो समाधि की अवस्था में ऊंचे लोकों से संपर्क स्थापित करने में समर्थ रहे हैं, अथवा वे लोग हैं, जो किसी विशेष परिस्थिति में मृतात्माओं के सम्पर्क में आए। इस ज्ञान की अनुभूति साधारण मनुष्य की पहुंच से सदैव बाहर रही है और यही कारण है कि विज्ञान के इस युग में यह सर्वग्राही न बन सकी।

वैज्ञानिकों का सदा यह दृष्टिकोण रहा है कि जिस वस्तु को हम छू नहीं सकते अथवा जो देखने या सुनने में हमारी पहुंच से बाहर है, उसपर विश्वास नहीं करना चाहिए, परन्तु नेत्रहीन यदि प्रकृति की छटा नहीं देख सकता, तो उसका यह अर्थ तो नहीं होता कि प्रकृति सौन्दर्यहीन है। नेत्रवाले तो इसको देखकर आत्मविभोर हो ही जाते हैं।

मनुष्य की पांच ज्ञानेन्द्रियां हैं, जिनके द्वारा वह देखता है, सुनता है, सूंघता है, चखता है और स्पर्श करता है, वे बहुत सीमित हैं और शिथिल भी हैं। उनसे कहीं अधिक तो ये शक्तियां बहुत से पशुओं को प्राप्त हैं। जैसे चींटी और कुत्ते में सूंघने की (घ्राण) इन्द्रिय अति तीव्र होती है। चींटी अपनी नासिका द्वारा मीठी वस्तु या चीनी को उसकी गंध से ढूंढ निकालती है। कुत्ता, जो विशेषककर 'ब्लड हाउण्ड' की जाति का होता है, मनुष्य के पहने हुए कपड़े की गंध के सहारे एक या दो मील के दायरे में यदि वह व्यक्ति हो, तो उसे पकड़ लेता है। ऐसे कुत्तों का उपयोग विशेष स्थानों में अपराधियों को पकड़ने में अब पुलिस भी करने लगी है। चील पक्षी में देखने की शक्ति बड़ी तीव्र होती है और वह लगभग एक मील तक पड़े हुए शिकार को ढूंढ निकालती है। बहुत-से पशु ऐसे होते हैं, विशेषकर कुत्ता, बिल्ली और घोड़ा, जो तूफ़ान और भूचाल से होने वाली दुर्घटनाओं का पूर्वाभास कर लेते हैं, अथवा उसे भी देख लेते हैं, जिसे मनुष्य नहीं देख पाता। यदि ये पशु किसी मकान में बंधे हुए होते हैं, तो दुर्घटना से एक या दो दिन पहले उस जगह से रस्सी तोड़कर भागते देखे गए हैं। इससे यह बात सिद्ध हो जाती है कि अदृश्य जगत का वह हिस्सा, जिसमें किसी वस्तु या होने वाली दुर्घटना

का प्रसार पहले से मौजूद होता है, पशुओं की अनुभूति में बहुत पहले आ जाता है। कुत्ते और बिल्ली तो विशेषकर ऐसे किसी भूतहा मकान में भी नहीं ठहरते, जहां प्रेतात्माओं का निवास होता है। ये सब उपर्युक्त अनुभूतियां मनुष्य की पहुंच से बाहर हैं, परन्तु जो अनुभूति मनुष्य की इन्द्रियों से परे है, उसे यह कहना कि उसका कोई अस्तित्व ही नहीं है, बिल्कुल ऐसी बात है, जैसे बिल्ली को देखकर कबूतर आंख मीच लेता है और यह समझ लेता है कि बिल्ली अब नहीं है अथवा हो नहीं सकती।

अब से पचास साल पहले अणु को प्रकृति का अन्तिम अंश माना जाता था, परन्तु एटम के इस युग ने वैज्ञानिकों की इस धारणा को झूठा कर दिया और वे अब कहने लग गए हैं कि एटम अन्तिम अंश नहीं है। इससे परे 'न्यूट्रोन' और 'प्रोट्रोन' जैसे सूक्ष्मतर अंश हैं और इसी स्तर का 'इलेक्ट्रोन' उनके चारों तरफ घूमता है। इन उपतत्त्वों से युक्त एटम जब विध्वंस किया जाता है, तब एक ऐसी भीषण शक्ति पैदा हो जाती है, जो क्षणों में आस-पास के क्षेत्र की पूरी सृष्टि को तहस-नहस कर देती है, परन्तु एटम और उससे सूक्ष्मतर पदार्थ न देखे जा सकते हैं और न छूए जा सकते हैं। आज का विज्ञानवेत्ता जड़वादी होते हुए भी इन अदृश्य पदार्थों पर विश्वास करता है, क्योंकि इसी एटम ने द्वितीय महायुद्ध में जापान के दो महानगरों (नागासाकी और हीरोशिमा) का मिनटों में सफाया कर दिया था और जापान ने युद्ध में प्रगतिशील होते हुए भी घुटने टेक दिए थे। इसी एटमी-शक्ति के विस्फोट का दृश्य हमने अपने देश भारत में भी सबसे पहले पोकरण में अपनी आंखों देख लिया है।

इस पुस्तक में जो तथ्य मरणोपरान्त जीवन के सम्बन्ध में एकत्र किए हैं, वे अनुभवसिद्ध हैं। उनका आधार कोई अंधविश्वास नहीं है। पिछले सौ सालों से पाश्चात्य देशों में करीब पांच सौ संस्थाओं ने इस दिशा में भिन्न-भिन्न अन्वेषण किए हैं और ये सब स्वतंत्र रूप से किए गए हैं। इसके अतिरिक्त, जिन महात्माओं को समाधिस्थ अवस्था में पारलौकिक जीवन का आभास हुआ है और जिन्होंने साधना द्वारा कुछ समय के लिए अपने भौतिक शरीर को त्यागकर परलोक सम्बन्धी ज्ञान

की उपलब्धि की है, अथवा दिव्यदृष्टि द्वारा परलोक का दिग्दर्शन किया है, उन सबके लेख इस सम्बन्ध में एक-दूसरे से मेल खाते हैं।

पाश्चात्य देशों में जो उपर्युक्त अन्वेषण किए गए, वे सब स्वतन्त्र रूप से किए गए थे। उनमें मृतक पुरुषों ने समय-समय पर स्वलेखन क्रिया द्वारा अपने इष्टमित्रों से सम्पर्क स्थापित किया था। उनके द्वारा जो पारलौकिक ज्ञान की उपलब्धि हुई थी, उसने भी महात्माओं द्वारा दिए गए ज्ञान की पुष्टि की है।

एक बात इस सम्बन्ध में जो विशेष ध्यान देने योग्य है, वह यह है कि ऐसी जितनी भी मृतात्माएं, जो मृत्यु के बाद सम्पर्क में आईं, उनकी अपने जीवनकाल में मरणोपरान्त जीवन के सम्बन्ध में कोई अपनी धारणा नहीं थी और बहुधा उनका अपना विश्वास यही था कि मरने के बाद मनुष्य का कुछ भी बाक़ी नहीं रहता और जिन व्यक्तियों से सम्पर्क उन्होंने इस लोक में किया, उन सबकी भी कोई धारणा नहीं थी। ऐसी अवस्था में यदि सारे अन्वेषण एक ही प्रकार की कहानी कहते हैं, तो तर्कशास्त्र के अनुसार उसपर सन्देह नहीं किया जा सकता।

यह तथ्य इस बात का प्रमाण है कि इस दिशा में स्वतन्त्र रूप से जो अन्वेषण किए गए और जो परिणाम सामने आए, वे सब सत्य थे और उनमें लेशमात्र भी अतिशयोक्ति नहीं थी।

सत्य से ऊंचा कोई धर्म नहीं है, परन्तु सत्य का आधार ऊलजलूल बातों पर कभी नहीं होता। वर्तमान युग धर्मान्धता और वहमपरस्ती का युग नहीं है, परन्तु सच्चाई को परखने के लिए जहां एक निरपेक्ष दृष्टि की आवश्यकता है, वहां दूसरी तरफ विज्ञान से प्रेरित जड़वाद से भी सतर्क रहने की आवश्यकता है। सच्चाई के रास्ते में पथभ्रष्ट होने में धर्मान्धता और वहमपरस्ती का उतना ही हाथ है, जितना जड़वाद का होता है।

अपनी बात आगे बढ़ाने से पहले हम अगामी दो अध्यायों में पारलौकिक जीवन के कुछ स्वतन्त्र अनुभवों तथा मृत्यु के तुरन्त बाद के कुछ अनुभवों की सत्य कथाएं प्रस्तुत कर रहे हैं।

2

पारलौकिक जीवन के कुछ अनुभव

मृत्यु और परलोक के सम्बन्ध में, जो पाश्चात्य देशों में स्वतन्त्र रूप से समय-समय पर अनुभव प्राप्त हुए हैं, आगे उनकी रूपरेखा प्रस्तुत की गई है। ये अनुभव परलोकगत आत्माओं के सौजन्य से प्राप्त हुए हैं। इस सम्बन्ध में एक बात जो विशेष ध्यान देने योग्य है, वह यह कि लगभग इन सभी सम्पर्कों में दिवंगत आत्माओं ने बिना किसी की प्रेरणा अथवा आह्वान के स्वेच्छा से सम्पर्क स्थापित किए थे। कुछ सम्पर्क तो ऐसी परिस्थिति में किए गए, जबकि सम्पर्क में आया हुआ व्यक्ति, जो अमुक पुस्तक का लेखक भी रहा है, पारलौकिक जीवन में न तो कोई आस्था रखता था और न कभी मृतक-सम्बन्धी से सम्पर्क स्थापित करने की इच्छा उसमें पैदा हुई थी। दूसरे शब्दों में अमुक पुस्तकें शत-प्रतिशत मृतक की प्रेरणा पर लिखी और प्रकाशित की गई हैं।

इन सब मामलों में सबसे महत्त्व की बात यह रही है कि दिवंगत आत्माएं अपने जीवनकाल में भी मृत्यु और परलोक के सम्बन्ध में कुछ ऐसी धारणाएं रखती थीं, जो उनके बताए हुए अनुभवों से बिल्कुल भिन्न थीं।

ये स्वतन्त्र अनुभव आरम्भ में ही इसलिए प्रस्तुत किए जा रहे हैं, ताकि वे पहले यह जान सकें कि किस प्रकार ये भिन्न-भिन्न अनुभव पारलौकिक जीवन का एक ही रूप प्रस्तुत करते हैं और किस प्रकार ये सब आगे चलकर वर्णित मौलिक नियम, जो इस पुस्तक की आधारशिला है, उससे भी एकमत हैं और परलोक सम्बन्धी तथ्यों की पुष्टि भी करते

हैं। आगे दिए गए केसों का सूक्ष्म अध्ययन करने से सब स्पष्ट हो जाएगा।

केस नं. 1

पुस्तक का नाम : पोस्टमार्टम जरनल

परलोकगत आत्मा : लॉरेन्स ऑफ अरेबिया, उपनाम–'स्कॉट'

सम्पर्क में आया व्यक्ति : मिसेज जेन शेरवुड (जो पुस्तक की लेखिका भी हैं)

प्रकाशक : मैसर्स नेविल्ले स्पेयरमैन लि., 112, व्हाइटफ़ील्ड स्ट्रीट, लन्दन।

उपर्युक्त पुस्तक का आधार स्वचालित लेखन (ऑटोमैटिक राइटिंग) है। यह एक मरणोपरानत जीवन की कहानी है।

पुस्तक का आरम्भ उस समय से होता है, जब श्री लॉरेन्स (स्कॉट) की मोटर साइकल दुर्घटनाग्रस्त हो जाती है और वह अपने भौतिक शरीर को ध्वस्त मोटर साइकल के बराबर में मरा हुआ पाता है। उस समय वह सूक्ष्म शरीर में, परन्तु स्थूल शरीर से बाहर होता है।

स्कॉट उस समय अपने-आपको एक ऐसी दुनिया में पाता है, जहां न प्रकाश है और न अंधेरा है। वहां का एक धूमिल सा वातावरण है, जिसमें व्यथा भी है और एक अज्ञात भविष्य का भय भी। चेतना का दीपक कुछ समय के लिए जला, किन्तु फिर बुझ गया और स्कॉट को निद्रा ने आ घेरा।

कुछ समय के बाद निद्रा टूट गई। व्यक्तित्व का आभास धीरे-धीरे तीव्र हुआ और उसने अपने-आपको तब एक ऐसी दुनिया में पाया, जहां उसके अतिरिक्त और कोई नहीं था, परन्तु आवाज़ सुनाई देती थी। यह स्थिति उसकी समझ से बाहर थी।

स्कॉट ने उस समय कई आवाज़ें लगाईं, परन्तु उसे कोई उत्तर नहीं मिला। उसने तब विचारा कि क्या वास्तव में सब कुछ ख़त्म हो गया है? क्या यही मृत्यु है और सब कुछ का अन्त है?

धीरे-धीरे वातावरण में कुछ परिवर्तन आना शुरू हुआ। धूमिल वातावरण अब कुछ प्रकाशमय बनने लगा था और एक ऐसी संध्या का

आभास मिलता था, जो प्रायः हेमन्त ऋतु में होती है। यद्यपि वह कपड़ों से हीन था, परन्तु उसे सर्दी नहीं लग रही थी। उसे धीरे-धीरे यह विश्वास होता जा रहा था कि कदाचित उसकी मृत्यु हो चुकी है, परन्तु यदि वह मर चुका है, तब वह जीवित क्यों है?

उसने अपने-आपको अधिक स्वस्थ और हलका पाया। वैसा जीवित अवस्था में वह कभी नहीं रहा था।

न मालूम कितने दिन, कितने सप्ताह और कितने महीने इस प्रकार से भटकने में लगे होंगे। धीरे-धीरे समय बीतने के साथ उसकी देखने की शक्ति तीव्र होती गई। निराशा और उद्वेग के बादल छंटने लगे और कुछ करने की इच्छा प्रबल होने लगी, परन्तु उस रेगिस्तान में वह क्या कर सकेगा, यह उसकी समझ में नहीं आ रहा था।

कुछ समय के बाद वह एक नगर के समीप खिंचता चला गया। वहां वह भली-भांति देख सकता था और सुन भी सकता था। पता नहीं यह स्कॉट का कोई दृष्टिकोण था या कोई मानसिक विकल्प था कि उस नगर के वायुमण्डल में उसे एक अज्ञात भय की अनुभूति होने लगी। वहां के स्त्री-पुरुषों के चेहरों पर क्रूरता टपकती थी और उनकी आवाज़ में तीखापन भी था। स्कॉट ने उस जगह से तुरन्त चला जाना अच्छा समझा और विचार आते ही वह स्वयं उस जगह से दूर होता चला गया, मीलों दूर।

उस समय उसने यह अनुभव किया कि उसकी अपनी वासनाएं ही उसकी ऐसी परिस्थिति के लिए ज़िम्मेदार हैं और यदि वह उन पर नियन्त्रण कर सकेगा, तब ही वह किसी अच्छे वातावरण में रह सकता है। स्कॉट के मन में जब यह विचार आया, तब उसने यह अनुभव किया कि कोई उसके पास है, यद्यपि जब उसने चारों तरफ़ देखा, तो उसे कोई नज़र नहीं आया। उसने किसी को बिना देखे यह भी समझ लिया कि जिस उपस्थिति का उसे आभास मिला है, वह कोई सहायक और शुभचिन्तक है।

स्कॉट ने तब सुना कि कोई उससे कह रहा है कि क्या उसको सहायता की आवश्यकता है? उसने तुरन्त उत्तर दिया, "हां, मैं सहायता चाहता हूं, परन्तु क्या कारण है, मैं तुम्हें देख नहीं पा रहा हूं?"

आगन्तुक महाशय फिर बोले, "क्योंकि तुम एक बहुत दुखप्रद स्थान से बंधे हुए हो, जो तुम्हारे व्यक्तिगत विकास के स्तर से नीचा स्थान है, इसलिए तुम मुझे देख नहीं पा रहे हो।" आगन्तुक ने आगे कहा, "मृत्यु से पहले जीवित अवस्था में तुम्हारे विचार बहुत ही भ्रष्ट थे, इसलिए तुम सुखद जीवन की अनुभूति से दूर हो, क्योंकि मुझे तुम्हें उन्नत अवस्था में ले जाना है, इसलिए तुम्हारे अंदर एक सन्तुलन पैदा होना बहुत आवश्यक है।"

जैसे ही उसने यह बात कही, एक प्रकाशपुंज से वहां का वातावरण उज्ज्वल होता चला गया और तब उस आगन्तुक महोदय को भली-भांति देख सका। इस परिवर्तन से स्कॉट को बहुत सुख मिला। आगन्तुक स्कॉट को एक उज्ज्वल प्रदेश में ले आया और उसने उसे बताया कि परलोक में अनुभूति की नई इन्द्रियाँ धीरे-धीरे विकसित होती हैं। जिसमें जितनी योग्यता होती है, वह उतना ही देख सकता है और उसकी अनुभूति भी एक सीमा से अधिक नहीं होती।

स्कॉट ने पूछा, "क्या वह व्यथापूर्ण नगर, जो उसने पिछले समय में देखा था, उसके अपने हृदय का ही प्रतिबिम्ब था या वास्तव में उसका भी कोई अस्तित्व था?"

आगन्तुक महाशय बोले, "वह स्थान उन लोगों के लिए निर्दिष्ट है, जो नीच प्रकृति के हैं और जो अपनी किसी प्रकार की उन्नति नहीं चाहते हैं। वह स्थान अपना पूर्ण अस्तित्व रखता है, क्योंकि वहां के रहने वाले अपनी अधोगति में ही सन्तुष्ट हैं। ऐसी अवस्था में उनकी किसी प्रकार की सहायता करना संभव भी नहीं है। वे स्वयं अपने निर्जीव वातावरण को बनाए हुए हैं, क्योंकि वह स्थान तुम्हें ग्राह्य नहीं था, इसलिए तुम्हें उससे मुक्ति मिल गई है। यदि तुम वहां पर अधिक समय तक टिके रहते, तो उन्हें तुम्हारी विद्रोही प्रकृति का तुरन्त आभास मिल जाता और ऐसी परिस्थिति में वे सब तुम्हें कदाचित् कुछ हानि भी पहुंचा सकते थे।"

स्कॉट ने तब आगन्तुक महाशय से उनका नाम पूछा। उत्तर मिला, "मेरा नाम माइकेल है और मैं नए मृतकों की, जो भूलोक छोड़कर आते हैं, सहायता करता हूं।"

स्कॉट यह सुनकर कुछ झल्लाहट और स्वाभिमान का अनुभव करने लगा, क्योंकि यह उसके भौतिक जीवन का स्वभाव था कि वह किसी प्रकार का हीन भाव अपने में नहीं आने देता था, परन्तु माइकेल उसके इस उद्गार को तुरन्त ताड़ गया और उसने स्कॉट से कहा, "ईश्वर के लिए ऐसा मत करो, क्योंकि इस प्रकार के दुर्भाव आने पर मेरा यहां पर ठहरना कठिन हो जाएगा।"

स्कॉट ने तुरन्त अपने विचारों को दबाने का प्रयास किया, क्योंकि माइकेल उपर्युक्त संवाद के बाद उसकी दृष्टि से लगभग ओझल हो चुका था। स्कॉट ने तब एक भय-मिश्रित विनीत भाव से माइकेल को पुकारा। वह वापस आ गया और बोला, "मेरे विचार में मैं किसी दूसरे आदमी को, जिसने कभी तुम्हारी सहायता की हो, तुम्हारे मार्गदर्शन के लिए भेजने की व्यवस्था करूंगा।" परन्तु स्कॉट ने बड़े लज्जित भाव से उससे रुकने की प्रार्थना की।

स्कॉट और माइकेल तब साथ-साथ चलने लगे। स्कॉट ने तब अनुभव किया कि उसके हृदय के कोई भी भाव माइकेल से छिप नहीं सकते, क्योंकि उसके प्रत्येक उद्गार कुछ रंगीन चित्रों में स्वयं व्यक्त हो जाते हैं, जिनकी मलिन और सुन्दर आभाएं उसके बुरे और अच्छे विचारों की कहानी स्वयं कह देती हैं।

स्कॉट ने तब माइकेल से कहा कि वह एक ऐसी परिस्थिति में है, जिसमें वह अपने विचारों पर किसी प्रकार का सन्तुलन नहीं कर पा रहा है। उस पर माइकेल ने उत्तर दिया कि वह भली-भांति उसकी असमर्थता समझता है और फिर उसको समझाते हुए बताया कि इस दुनिया में मनुष्य को कैसे अपने आपसे युद्ध करना पड़ता है। उसने कहा, बजाए अपनी भावनाओं को छिपाने के उसको उन पर नियन्त्रण रखने का प्रयास करना चाहिए। हृदय के भाव और आवेश, जैसे घृणा, क्रोध और निर्दयता, परलोक में केवल विचार ही नहीं रखते, बल्कि ये सब आयुध की तरह, जैसे तलवार, भाला और कृपाण भूलोक में घायल कर सकते हैं, वैसे ही ये दूषित भावनाएं, जिनके प्रति हम भेजते हैं, उन्हें हानि पहुंचा सकती हैं।

पृथ्वी पर समय सूर्य की गति, जिसके फलस्वरूप दिन-रात होते हैं, से नापा जाता है, परन्तु परलोक में क्योंकि दिन-रात कुछ नहीं होते, इसलिए समय समयहीनता में बदल जाता है। वहां पर समय नापने का साधन केवल व्यक्तिगत चेतना होती है।

चेतना जब ऊंचे लोक में स्थित होती है, तब उसका दायरा व प्रसार विस्तृत होता है और उसमें तीव्रता भी रहती है, परन्तु जब हम उसे नीचे के लोक में उतारते हैं, तब वह संकीर्ण हो जाती है और उसमें शिथिलता भी आ जाती है। इसलिए परलोक में समय को चेतना के उतार और चढ़ाव से नापा जाता है।

इसके बाद माइकेल स्कॉट को भुवर्लोक के एक चिकित्सा-गृह में ले जाता है, जहां उसे कुछ समय निद्रा में काटना पड़ता है। जागने पर वह स्कॉट को बताता है कि उसके हृदय में बहुत-सी वासनाएं अभी भी अतृप्त अवस्था से सुलग रही हैं। ऐसी अवस्था में ऊंचे लोक में उसका कोई भी विकास सम्भव नहीं है। उनसे मुक्ति पाने के लिए उसने स्कॉट को नीचे के उपखंड में जाकर रहने की सलाह दी, जिसका स्कॉट ने पालन किया। अपने स्वयं के संघर्ष में सफल होने पर वह सेवा के कार्य में लग गया।

पुस्तक बड़े रोचक ढंग से लिखी गई है, जिसमें दिवंगत के अनेक अनुभवों का वर्णन है। आरम्भ में किस प्रकार मनुष्य को स्वयं से संघर्ष करना पड़ता है, उसका आभास उसी के शब्दों में उपर्युक्त वर्णन से भली प्रकार से मिलता है।

स्कॉट वास्तव में अपने जीवित काल का 'लॉरेन्स ऑफ अरेबिया' था, जो ब्रिटिश सरकार की तरफ़ से अरब देशों में भेदिये का कार्य करता रहा था, क्योंकि जीवित अवस्था में वह एक विख्यात व्यक्ति था, अतएव मृत्यु के बाद अपनी दयनीय परिस्थियों को अपने भौतिक जीवन के नाम से जोड़ना नहीं चाहता था। इसीलिए नाम बदलकर उसने पारलौकिक जीवन का परिचय लेखिका को दिया था। बाद में उसने यह भेद लेखिका महोदया को बतला दिया, क्योंकि उसके आचार-विचार में फिर भारी परिवर्तन आ चुका था।

केस नं. 2

पुस्तक का नाम : बियोण्ड दी होरोज़ाइन
परलोकगत आत्मा : गोर्डन
सम्पर्क में आया व्यक्ति : श्रीमती ग्रेस रोशर (यह पुस्तक की लेखिका भी हैं)
प्रकाशक : मैसर्स जेम्स क्लार्क एंड कं. लि., 33, स्टोर स्ट्रीट, लन्दन।

लेखिका द्वारा पूर्वाभास

सितम्बर, 1957 की एक संध्या को जबकि साढ़े तीन बजे थे, मैं टेबल पर बैठी हुई कुछ पत्र लिख रही थी। मैंने एक पत्र समाप्त कर दिया था और लिफ़ाफ़े पर पता लिख चुकी थी। मैं उस समय सोच रही थी कि दूसरा पत्र आरम्भ करना चाहिए या नहीं, क्योंकि चाय पर एक अतिथि के आने की संभावना थी। मैंने एक हाथ में पेन पकड़ रखा था और उसका सिरा पैड पर टिका हुआ था। मुझे तब एक आवाज सुनाई दी, "अपने हाथ को वहीं पर रहने दो और फिर देखा क्या होता है!" मैंने तब देखा कि मेरा पेन बिना मेरे द्वारा हाथ हिलाए स्वयं हिल रहा है। मुझे कुछ ऐसा अनुभव हो रहा था, जैसे मेरे अंदर किसी स्वतंत्र बिजली की शक्ति ने मेरे पेन में हरकत पैदा कर दी है। धीरे-धीरे कागज़ पर ये शब्द उभर आए–'स्नेहसहित मैं हूं–गोर्डन।' ये सारे शब्द आपस में मिले हुए थे और छोटे थे। मेरे मन में फिर यह प्रश्न हुआ कि यह कौन लिख रहा है। "तुम हो या मैं स्वयं ही लिख रही हूं?" तुरन्त ही पेन ने उत्तर लिखना आरम्भ कर दिया, "मैं हूं, गोर्डन, गोर्डन।" नाम इसलिए दोहराया, ताकि मैं सन्तुष्ट हो जाऊं कि लेखक वास्तव में गोर्डन ही है।

क्योंकि ये सब बातें मेरे पूर्व अनुभव से बाहर थीं और मेरी संभावनाओं से परे थीं, इसलिए मैंने इस संबंध में कुछ कहना उचित नहीं समझा।

गोर्डन से मेरे बड़े घनिष्ठ संबंध थे और मैं यह सोचती थी कि वह इस प्रकार मुझसे क्यों मिलता है? वह तो मेरे पास पत्र भी लिखता था।

चार दिन के बाद मेरे मन में यह बात घर कर गई कि हो-न-हो, गोर्डन का देहावसान हो गया है और वह भौतिक शरीर से हीन होने पर

भी मुझसे संपर्क रखना चाहता है। क्यों न मैं उसे अपने आपको व्यक्त करने का मौक़ा दूं? यह विचार करके मैं काग़ज़ का पैड और पेन लेकर बैठ गई। तुरंत एक क्षण में गोर्डन ने लिखना आरम्भ कर दिया। उसने लिखा–'मैं तुमको कुछ लिखना चाहता हूं। मुझे तुमसे बहुत कुछ कहना है। मैं एक सुन्दर मकान में रहता हूं, जो एक सुरम्य वाटिका में स्थित है।'

गोर्डन ने फिर बताया कि वह उन लोगों की सहायता करता रहता है, जिनकी हाल ही में मृत्यु होती है। इस सहायता-कार्य में उनको सांत्वना देनी होती है, क्योंकि वे एक ऐसी परिस्थिति में होते हैं, जिसका उन्होंने पहले कभी स्वप्न में भी ध्यान नहीं किया होता। उनको एक नई परिस्थिति में ढालना होता है। यह बहुत बड़ी सिरदर्दी का काम है। मैंने गोर्डन से पूछा कि उसकी किस प्रकार से मृत्यु हो गई थी। उसने बताया कि वह सो गया था, परन्तु जब जागा, तब एक बहुत सुन्दर वाटिका में था, जहां उसकी मां भी उपस्थित थी। उसके दो छोटे भाई और एक बहन भी, जिनकी पहले मृत्यु हो चुकी थी, वहां पर मौजूद थे और वे उसे देखकर बड़े प्रसन्न हुए।

गोर्डन ने बताया कि उसे बार-बार यह बताए जाने पर भी कि वह अब परलोक में है, यह बात उसकी समझ में नहीं आती थी, क्योंकि मरने में न उसे कोई कष्ट हुआ था और न उसकी चेतना ही समाप्त हुई थी।

अपने अनुभवों को बताते हुए, गोर्डन ने बताया कि कुछ समय के बाद उसको एक ऐसे स्थान पर लाया गया, जो एक प्रकार से अस्पताल कहा जा सकता है। वहां एक कमरे में उसे आराम करने को कहा गया, जहां उसे निद्रा आ गई। वहां से मुक्त होने पर वह वापस उस जगह पर आ गया था, जहां उसे स्थायी रूप से रहना था। उसका सुन्दर गृह एक वाटिका में स्थित है, जहां उसने पुस्तक की लेखिका (श्रीमती रोशर) से संपर्क स्थापित करने की इच्छा प्रकट की और उसको आदेश हुआ कि वह मानसिक स्तर पर यह कार्य कर सकता है। अतएव उनका विचार करते ही वह श्रीमती रोशन के घर आ पहुंचा। पहले ठीक तरह से वह उनको देख नहीं सका, परन्तु कुछ समय के बाद उनकी (श्रीमती रोशन) सूरत बिल्कुल साफ़ दिखाई देने लगी।

यह पूछे जाने पर कि क्या परलोक इस भूलोक में समाया हुआ है, उसने बताया कि परलोक के तत्त्व न केवल भूलोक में समाए हुए हैं, बल्कि प्रत्येक वस्तु में भी तत्त्व मौजूद हैं। गोर्डन ने बताया कि पारलौकिक जीवन के सम्बन्ध में भूलोक में बहुत मिथ्या और निराधार धारणाएं हैं और यदि उनका थोड़ा-सा भी आभास यहां के मानव को मिल सके, तो उसका जीवन बहुत ऊंचा हो सकता है।

"पैसे और पद के लिए तुम्हारी दुनिया में कितनी भागदौड़ है, परन्तु हमको यह बात ऐसी लगती है, जैसे सारी मानव-जाति बुदबुदों के पीछे भाग रही हो।" उसने बताया, "हम अपने स्वर्ग और नरक की रचना स्वयं ही करते हैं और यदि हम प्राणिमात्र को अपना प्रेम देना सीख लें, तो हम एक ऐसे स्वर्ग की अनुभूति कर सकते हैं, जिसको भाषा में बताना असंभव है। जो लोग अपने लिए ही सोचना जानते हैं, वे कभी भी सुखी नहीं रह सकते।" गोर्डन ने सुझाव दिया कि निम्नलिखित प्रार्थना बड़ी भावपूर्ण है। उस पर मनन करने पर मनुष्य बहुत ऊंचे स्तर पर विकसित हो सकता है और यदि उसका आचरण भी इसके अनुरूप हो जाए, तो ऐसा मनुष्य भुवर्लोक एवं स्वर्ग, दोनों लोकों में सबसे ऊंचा स्थान प्राप्त करता है।

प्रार्थना

'हे प्रभु! मुझे एक ऐसा हृदय दे, जो न केवल उनको प्यार दे सके, जो मुझे प्यार करते रहे हैं, परन्तु जिसकी विशाल बांहों में सारा संसार समा सके और जो इतना उदार हो कि उनके प्रति भी करुणाशील बना रहे, जो सदैव मेरे घावों पर नमक छिड़कते रहे हैं।'

गोर्डन ने बताया कि यह कितना आवश्यक है कि भूलोक के मनुष्यों को साफ़-साफ़ यह बताया जाए कि परलोक में ठीक ऐसे वातावरण में वे अपने आपको पाएंगे, जिसकी सृष्टि उन्होंने अपने दैनिक व्यवहार से अपने भौतिक जीवन में की हो।

प्रायः यह देखा गया है कि यह सृष्टि न सुन्दर होती है और न उचित। यह कैसी अधोगति है कि बहुत इने-गिने आदमी कदाचित् यह जानते हैं कि भुवर्लोक की दुनिया बिल्कुल ठीक ऐसी ही है, जैसी कि भूलोक की

दुनिया है। मृत्यु के बाद जब स्थूल शरीर नष्ट हो जाता है, तब मानव एक हल्के सूक्ष्म शरीर में निवास करता है, जिसे वह पहले से ही धारण किए हुए होता है और जो उसके गत स्थूल शरीर के अनुरूप होता है। केवल उसके भौतिक जीवन में हुए अंग-भंग, अथवा यदि शरीर अपाहिज हो गया हो, तो ये सब भुवर्लोक के जीवन-काल में समाप्त हो जाते हैं।

गोर्डन ने बताया कि जिस स्थान में वह रहता है, वह इतना आकर्षक है कि उसकी समानता भूलोक के किसी भी सुन्दर स्थान व वस्तु से नहीं की जा सकती है। उसने बताया कि उसने अपने जीवन-काल में पृथ्वी के बहुत सुन्दर स्थान और वस्तुएं देखी थीं, परन्तु इस लोक में केवल पुष्पों को ही ले लीजिए। वे इतने मनोहर और स्थाई होते हैं कि उनकी वास्तविकता की कल्पना लोक का प्राणी नहीं कर सकता। यहां जाड़ा, पाला, तूफ़ान व गर्मी कुछ भी नहीं होते, जो उन्हें विकृत कर सकें। इन पुष्पों की सुगन्ध भी ऐसी मनोरम होती है, जो कोई उसकी अनुभूति करते हैं, वे दैवी विभूति के समक्ष नत-मस्तक हो जाते हैं।

पृथ्वी पर रहने वाले वे धनी पुरुष, जिनका ध्येय केवल रुपया कमाना ही होता है और जो इस रुपए को ऐयाशी में व्यय करते हैं, वे स्वभाव से अवसरवादी, स्वार्थी और बईमान होते हैं। परलोक में सबसे अधिक ग़रीब ये ही लोग होते हैं, क्योंकि उनके भौतिक जीवन की पैसा कमाने में कार्यकुशलता, इस लोक में बिल्कुल अर्थहीन बन जाती है। परलोक में हृदय की विशालता जीवन में सौरभ भर देती है और ये संकुचित हृदय, जिसके वे आदी होते हैं, परलोक में केवल दरिद्रता प्रदान करता है।

परलोक में भोजन की आवश्यकता नहीं होती, परन्तु इसका यह मतलब नहीं है कि वहां के रहने वाले भुवर्लोकजनित, फल एवं भोजन का रसास्वादन नहीं करते। यहां के रहने वाले विशेषकर नवागंतुक अपनी भौतिक जीवन की खाने-पीने की आदत से तुरंत मुक्ति नहीं पाते। भोजन बनाया नहीं जाता, इच्छा होने पर अनायास ही प्राप्त हो जाता है। कपड़े यहां पर सिलाए नहीं जाते, उनका निर्माण भी स्वयं हो जाता है। बस, विचार करते ही वस्तु यहां पर प्राप्त हो जाती है। वासना इस लोक का तत्त्व है और उसकी पूर्ति के साधन भी विचार हैं, जो बिना हाथ-पैर हिलाए कार्यान्वित हो जाते हैं।

बच्चों का यहां पर विशेष ध्यान रखा जाता है। स्त्रियां, विशेषकर उनकी देखभाल के लिए यहां उचित प्रशिक्षण प्राप्त करती हैं। ये स्त्रियां यहां मातृत्व की भावना से ओतप्रोत होकर कार्य करती हैं और बच्चे पृथ्वी से कहीं अच्छा जीवन व्यतीत करते हैं।

केस नं. 3

पुस्तक का नाम : आफ़्टर डेथ

परलोकगत आत्मा : जूलिया

सम्पर्क में आया व्यक्ति : डब्लू. टी. स्टेड (जो पुस्तक का लेखक भी है।)

नोट : उपर्युक्त पुस्तक का पहला संस्करण सन् 1897 में हुआ और दसवां सन् 1921 में। इसके अतिरिक्त इस पुस्तक का अनुवाद फ्रेंच, जर्मन, स्विस, डेनिश और आइसलैंड की भाषा में हुआ। बाद में यह पुस्तक रशियन, स्वीडिश, इटालियन और हिन्दी भाषा में भी अनूदित हुई।

जूलिया की मृत्यु 1891 में हुई थी। जो जानकारी उससे प्राप्त हुई, वह वैसी-की-वैसी छापी गई। इस जानकारी से निम्नलिखित तथ्य सामने आए—

1. जूलिया का प्रेतरूप दो बार उसके मित्रों ने देखा, क्योंकि जूलिया ने लिखित रूप में ऐसा करने का वायदा किया था।
2. लिखित जानकारी देते समय जूलिया ने अपना घरेलू नाम (पेटनेम) भी बताया था, जिसकी जानकारी लेखक महोदय को बिल्कुल नहीं थी।
3. सन् 1885 में, अर्थात मृत्यु से छः साल पहले कुछ घटनाएं ऐसी हुई थीं, जिनको जूलिया के जीवित इष्टमित्र बिल्कुल भूल चुके थे। इन घटनाओं की याद जूलिया ने स्वयं अपने संदेश द्वारा दिलाई। इन घटनाओं की भी लेखक महोदय को कोई जानकारी नहीं थी।
4. जूलिया ने अपने इष्टमित्रों के लिए जो पत्र पारलौकिक जीवन में लिखे, उनमें उन मित्रों के 'पेटनेम' दोहराए गए, जिनकी जानकारी भी लेखक को बिल्कुल नहीं थी।

5. कुछ उपस्थित व्यक्तियों को उस समय जूलिया दिखाई दी, जब वह लेखक की दृष्टि से ओझल अपने पत्र लिखवा रही थी।
6. जिन सज्जनों को वह मृत्यु के बाद दिखाई दी थी, उन्होंने जूलिया के फ़ोटो को अन्य अनगिनत फ़ोटोओं में से पहचान लिया, यद्यपि उन्होंने जूलिया को जीवित अवस्था में कभी नहीं देखा था।

जूलिया की आत्मकथा, जिसे उसने मृत्यु के बाद लेखक महोदय को स्वचालित लेखन (ऑटोमेटिक राइटिंग) के माध्यम से बताई, उसका सारांश उसीके शब्दों में इस प्रकार से है—

"मृत्यु के बाद जब मैंने अपने आपको शरीर से बाहर पाया, वह एक विचित्र अनुभव था। मैं अपने बिस्तर के पास खड़ी थी, जिस पर मेरा भौतिक शरीर पड़ा हुआ था। मैंने कमरे की हर चीज़ बिल्कुल वैसी ही देखी, जैसी वह पहले रखी हुई थी।

'कुछ समय बाद एक प्रकाश कमरे में आता दिखाई दिया और एक स्त्री-रूपी देवी आती दिखाई दी।

'उसने मुझसे कहा कि वह मुझे ले जाने के लिए भेजी गई है और वह मुझे पारलौकिक जीवन के नियम बताएगी।

'वह देवी मुझे आकाश-मार्ग से एक भव्य स्थान में ले गई, जहां मेरे पूर्व-परिचित इष्टमित्र मौजूद थे। उन्होंने मुझे पालौकिक जीवन सम्बन्धी बहुत-सी बातें बताईं। उन्होंने बताया कि यद्यपि यहां रोटी कमाने के लिए कुछ नहीं करना पड़ता, तथापि इस लोक में बहुत-सा काम करने को रहता है।

'उस समय मुझे यकायक तुम्हारी (अर्थात लेखक महोदय की) याद आ गई और देवी मेरी इच्छापूर्ति के लिए मेरे पुराने मकान में फिर ले आई।

'मेरा भौतिक शरीर उस समय भी वहां पड़ा हुआ था, पर उससे मुझे अब कोई स्नेह नहीं रह गया था। मुझे उस समय बहुत दुख हुआ, जब मैंने तुम सबको मेरे लिए रोते देखा। तुम सबकी आंखें भीगी हुई थीं। मेरे बहुत प्रयास करने पर कि मैं किसी तरह यह बता सकूं कि मैं यहां खड़ी हूं, मैं तुम सबको बताने में असमर्थ थी। मैंने उस देवी से पूछा कि क्या यह संबंध अब सदा के लिए समाप्त हो गया है? उसने सहमति प्रकट की।

‘वह देवी मुझे फिर एक बहुत ही सुन्दर स्थान में ले आई, जिसे मैंने कभी नहीं देखा था। वहां एक ज्योतिर्मय व्यक्ति मेरे सामने था, जिसे देखकर मैं कुछ सहम गई, परन्तु उन्होंने मुझे तुरन्त सान्त्वना देते हुए कहा कि डरो मत, मेरी नियुक्ति तुम्हें ईश्वरीय ज्ञान देने के लिए हुई है। तुम अब अपने पिता के घर में हो। देवी ने फिर मुझसे कहा कि प्रिय जूलिया, आंखें खोलकर देखो, यहां मैं उपस्थित हूं, जिसे तुमने अपनी भक्ति और प्रेम दोनों दिए हैं।

‘देवी के उन शब्दों से मैं आत्मविभोर हो गई और नतमस्तक होकर केवल यह कह पाई, मेरे आराध्य देव!

‘देवी यह सुनकर मुस्करा दी और मुस्कराहट में एक ऐसा प्रकाश स्फुरित हुआ, जिससे चारों तरफ के वातावरण में एक विचित्र परिवर्तन आ गया। वह परिवर्तित वातावरण कुछ-कुछ ऐसा था, जैसा कि मैंने अपने जीवन काल में आल्प्स के हिमाच्छादित पहाड़ों में देखा था, जब सूर्य डूबने को होता था और उसकी रंग-बिरंगी रश्मियां तमाम आल्प्स में एक मनोहर रंग भर देती थीं। मेरे चारों तरफ उस समय ऐसे व्यक्तियों का समूह था, जिनके मुख प्रेम और आशीर्वाद की भावनाओं से ओतप्रोत थे। उस समय उस देवी की मूर्ति एक अनोखी छटा दे रही थी, जिससें प्रेम, नम्रता और मिठास का अपूर्व समावेश था। मैंने अपने जीवन-काल में एक तस्वीर इटली के चित्रकार फ्रा ऐंजेलिको द्वारा बनाई हुई देखी थी। उसने जो एक फ़रिश्ते का चित्रण किया था, वह कुछ-कुछ उस देवी के रूप का आभास देता था।

‘उस समय बहुत सी चीजें मैंने देखीं, जिनका वर्णन भौतिक जगत की भाषा में करना असंभव है। उस समय मेरे बहुत से मित्र, जो वहां पर उपस्थित थे, एक ऐसे विभूतिमय जीवन की अनुभूति कर रहे थे, जिसका वर्णन भी भाषा की क्षमता से बाहर है।

‘कुछ विचित्र बातें, जो मैंने उस समय देखीं, वे इस प्रकार हैं—

1. जितने भी लोग वहां पर थे, उनके चेहरों पर बुढ़ापा नहीं था। पूर्ण जवानी और स्वस्थ अवस्था में जो उज्ज्वलता होती है, वह सबके चेहरों पर विद्यमान थी।
2. यहां पर न थकावट होती है और न कभी निद्रा की आवश्यकता

होती है। इस लोक में न कभी भूख सताती है, न कभी प्यास।

3. मरणोपरान्त जीवन में मनुष्य के होश और हवास बिल्कुल वैसे ही होते हैं, जैसे उसके जीवन-काल में थे। उसके पास वही मन, वही भौतिक जीवन का प्राप्त ज्ञान, उसके आचार-विचार, सब अपने पुराने रूप में सुरक्षित रहते हैं। उनमें कोई परिवर्तन नहीं होता। भूलोक में मनुष्य बुढ़ापे में शिथिल इन्द्रियों के कारण अपने वास्तविक स्वरूप से परे हो जाता है और उसके होश-हवास भी ठीक नहीं रहते, परन्तु मृत्यु के बाद ये सब त्रुटियां दूर हो जाती हैं।
4. परलोक में बहुत से ऐसे व्यक्ति हैं, जो आध्यात्मिक और पवित्रता के स्तर पर बहुत ऊंचे समझे जाते हैं, यद्यपि भूलोक में उनकी गणना शूद्र और त्याज्य लोगों में की जाती थी। भूलोक की बाहरी तड़क-भड़क यहां बिल्कुल समाप्त हो जाती है और प्रत्येक मनुष्य का वास्तविक रूप जैसा कि वह हृदय से है, सामने आ जाता है।
5. यहां पर भूलोक में प्राप्त उपाधि, पद, पैसा और इज़्ज़त सब समाप्त हो जाते हैं। केवल हृदय की पवित्रता, प्रेम और सदभावना परलोक में ऊंचा उठा सकते हैं और इन सब गुणों के आधार पर ही उसकी इज़्ज़त होती है।
6. जब मृत्यु के समय आत्मा अपने भौतिक शरीर को त्यागती है, तब आरम्भ में उसकी सूक्ष्म देह वस्त्रहीन होती है, परन्तु नग्नता का ध्यान आते ही मनुष्य वस्त्रों की इच्छा करता है। इच्छा करते ही वह अपने शरीर पर वस्त्रों का आवरण अनुभव करने लगता है। परलोक में इच्छाएं सृजनात्मक होती हैं। वहां केवल विचार कीजिए और इच्छित वस्तु प्रस्तुत हो जाती है। ऐसा इस लोक का नियम है।'

अन्त में श्रीमती जूलिया ने बताया कि वह चार या पांच सम्बन्धियों और मित्रों के बीच रहती है। उनमें उसकी छोटी बहन सबसे प्यारी है। जूलिया की छोटी बहन बचपन में ही मर गई थी, परन्तु परलोक में

वह अपनी पूर्ण जवानी की हालत में थी। प्रारम्भ में जब वह जूलिया के सम्पर्क में आई, तब उसने बचपन वाला रूप धारण कर लिया था, जिससे वह जूलिया द्वारा पहचानी जा सके।

परलोक में समय के साथ-साथ प्रत्येक मनुष्य का वास्तविक रूप उसकी यौवनावस्था वाला होता है। दूसरे शब्दों में वहां बच्चे बच्चे नहीं रहते और वृद्ध एवं अशक्त बूढ़े नहीं रहते।

केस नं. 4

पुस्तक का नाम : मोर एबाउट लाइफ़ इन द वर्ल्ड अनसीन

परलोकगत आत्मा : मौन्सिगनर बैन्सन

सम्पर्क में आया हुआ व्यक्ति : ऐन्थोनी बौर्गिया (जो पुस्तक के लेखक भी हैं)

प्रकाशक : उद्धम प्रेस लि., लन्दन।

अंग्रेज़ी में एक कहावत है कि मरा हुआ अपनी कहानी नहीं कहता, परन्तु इस युग में यह कहावत शत-प्रतिशत चरितार्थ नहीं होती। अपवाद ही सही, कुछ लोग ऐसे भी होते, जो मृत्यु के बाद स्वयं जीवित संपर्क स्थापित करने में समर्थ होते हैं। वे जीवनोपरांत जीवन का विवरण अपने किसी इष्ट मित्र को देते हैं, ताकि जनसाधारण उससे कुछ लाभ उठा सके। इसी तरह की एक घटना यह है।

मौन्सिगनर बैन्सर मृत्यु के बाद पुस्तक के लेखक बौर्गिया के संपर्क में आए और उनको परलोक सम्बन्धी जानकारी दी। बैन्सन जब जीवित थे, तब वे एक प्रमुख लेखक एवं प्रचारक के रूप में विख्यात थे। वे आर्च बिशप ऑफ कैंटरबरी के सुपुत्र थे और लेखक महोदय से उनकी मित्रता थी।

बैन्सन ने जो परलोक-सम्बन्धी ज्ञान बौर्गिया को दिया, वह दो पुस्तकों के रूप में सन् 1956 में प्रकाशित हुआ था। पहली पुस्तक का नाम 'लाइफ़ इन द वर्ल्ड अनसीन' था, जो उपलब्ध न हो सकी, परंतु दूसरी पुस्तक, जिसका नाम 'मोर एबाउट लाइफ इन दी वर्ल्ड अनसीन' था, उसी के आधार पर निम्नलिखित जानकारी प्रस्तुत की जा रही है—

मौन्सिगनर बैन्सन मृत्यु के बाद अपने पुराने सहयोगी एडविन, जो उनसे पहले परलोक सिधार गए थे, से परलोक में मिले। दोनों ने इस पृथ्वी पर बने हुए अपने मकान के पारलौकिक स्वरूप (एस्ट्रल काउंटर पार्ट) में ही अपना निवास स्थान बनाया। कुछ समय बाद उनके कुनबे में एक अत्यन्त सुन्दर लड़की, जिसका नाम रूथ था, शामिल हो गई।

बैन्सन का मुख्य कार्य, हाल में मरे हुए आदमियों की सहायता करना था और उनके इस कार्य में एडविन और रूथ दोनों हाथ बंटाते थे। जिस दूसरी पुस्तक का सारांश मैं निम्नलिखित शब्दों में दे रहा हूं, वह एक ऐसे युवा लड़के के मरणोपरान्त जीवन की कहानी है, जो बैन्सन के कुनबे में शामिल हो गया था, क्योंकि उसका परलोक में कोई पूर्वगत संबंधी न होने के कारण, उसके संरक्षण का भार उनको सौंपा गया था।

उपर्युक्त युवा लड़के का नाम रोज़र था और जिस समय बैन्सन को उसके संरक्षण का आदेश मिला, वह लड़का मृत्युशय्या पर अपना दम तोड़ रहा था। इस कार्य का आदेश केन्द्रीय सेवा समिति के निदेशालय द्वारा प्राप्त हुआ था, क्योंकि लड़के का कोई संबन्धी परलोक में उपस्थित नहीं था आदेशानुसार बैन्सन और उनकी सहयोगी श्रीमती रूथ वहां पहुंच गए, जहां रोज़र मृत्युशय्या पर पड़ा था। आगे का हाल बैन्सन के शब्दों में इस प्रकार है—

'मैं मरणासन्न रोज़र के बिस्तरे के एक तरफ बीच में खड़ा हो गया और दूसरी तरफ रूथ थी। लड़के को महानिद्रा का प्रभाव हो चुका था और उसके सूक्ष्म शरीर ने धीरे-धीरे सिर की तरफ़ से बाहर निकलना आरम्भ कर दिया था। शरीर जब बिल्कुल बाहर आ गया, तब वह एक बारीक रुपहले तार से उसके भौतिक शरीर से जुड़ा हुआ था। धीरे-धीरे यह तार पतला होता गया। उसी समय मैंने लड़के के तैरते हुए सूक्ष्म शरीर के नीचे अपना हाथ लगा दिया और तार एक झटके के साथ टूटकर लुप्त हो गया।

'लड़के के संबन्धियों के लिए अब उसकी मृत्यु हो चुकी थी। मेरे और रूथ के लिए वह जीवित था और मौजूद भी था। रूथ ने अपने हाथों का सहारा दिया और हम लड़के को अपने निवासस्थान पर ले आए और उसको एक कोच पर लिटा दिया।

'रूथ लड़के के पास बैठ गई और मैं उसके पैरों की तरफ पड़ी एक कुर्सी पर जा बैठा।

'कुछ समय बाद लड़के की निद्रा भंग हुई और उसने अपनी आंखें खोल दी। रूथ ने रोज़र से पूछा कि अब कैसा अनुभव कर रहे हो? रोज़र कुछ समय तक इधर-उधर देखता रहा और अंत में रूथ से कहने लगा कि मैंने कुछ समय पहले कदाचित् तुम्हें देखा था। तुम कौन हो?

'रूथ बोली, मैं तुम्हारी एक मित्र हूं और तुम मुझे रूथ कहकर पुकार सकते हो।

'रोज़र ने फिर मेरी तरफ देखा और बोला कि आपको भी मैंने कुछ समय पहले देखा था और यह कहकर उठने का प्रयास करने लगा, परंतु रूथ न उसे कोच पर पीछे की तरफ दबा दिया और कहने लगी कि यहां नियमानुसार कुछ समय तुम और आराम से बिना कुछ बोले लेटे रहो।

''लड़का उस समय खिड़की की तरफ निगाह करके बाहर का दृश्य देखने लगा। मैंने कहा की अब तुम अवश्य आराम अनुभव कर रहे होंगे। रोज़र मुस्कारा दिया।'' क्योंकि लड़का शान्त प्रकृति का था, अतएव हमने उसे उसकी वास्तविक स्थिति बताने में कोई हर्ज नहीं समझा।

'मैंने उससे कहा कि मैं तुम्हें एक .खुशख़बरी सुनाना चाहता हूं। यह ठीक है, तुमने मुझे और रूथ को कुछ समय पहले अपने कमरे में, जहां तुम बीमार पड़े थे देखा था। तुम्हारी बीमारी डॉक्टरों के इलाज से बाहर हो चुकी थी और तुम्हारी मृत्यु निश्चित थी। मुझे और रूथ को आदेश हुआ था कि तुम्हें इस पारलौकिक जीवन में अपने संरक्षण में रखें और इसलिए हम तुम्हें तुम्हारी मृत्यु के बाद अपने यहां ले आए हैं।

'रोज़र बोला कि क्या मैं वास्तव में मर चुका हूं? मैंने उससे कहा कि हां, यह सत्य है, मगर क्या तुम डर रहे हो?

'रोज़र ने कहा कि नहीं, मैं डरा तो नहीं हूं, परन्तु मैंने इस अवस्था का, जिसमें मैं हूं, कभी स्वप्न में भी विचार नहीं किया था। मैंने कहा कि कदाचित् तुम यह विचार किए बैठे थे कि जब मौत आएगी, तब लंबे-लंबे पंख वाले फ़रिश्ते, जिनके चेहरे रूखे और डरावने होंगे, तुम्हें लेने आएंगे और फिर तुम्हें किसी स्वर्गीय अदालत में पेश किया जाएगा और धर्मराज

तुम्हें कोई सजा या जज़ा, जिसके तुम अधिकारी होगे, सुनाएंगे। यह सब एक भ्रान्ति है, जिसमें जनसाधारण खोया हुआ है। रूथ उस पर ठहाके के साथ हंसी और रोज़र भी उसकी हंसी में शामिल हो गया।

'मैंने उससे फिर कहा कि प्रिय रोज़र, यहां परलोक में न कोई धर्मराज है, न किसी अदालत में मृत व्यक्तियों को पेश किया जाता है। प्रत्येक मनुष्य स्वयं अपना नियंता है और अपने किये-धरे पर स्वयं ही निर्णय लेता है। परलोक में प्रत्येक मनुष्य वास्तविकता के बहुत समीप होता है और उसे अपनी ग़लतियों को सुधारने का पूरा मौक़ा मिलता है। इस भ्रान्ति को कि ईश्वर कभी जजमेंट के दिन आएगा और तब तुम्हारी फ़ाइल देखी जाएगी, अपने मन से सदा के लिए निकाल दो।

'यह मकान मेरा है, बल्कि यूं कहिए, यह हमारा घर है। रूथ और एक दूसरे पादरी सज्जन अपना अधिक समय बिताते हैं। उन सज्जन से तुम किसी और समय मिलोगे। जो कपड़े मैं इस समय पहने हुए हूं, ये मेरे भूलोक के जीवन के अनुरूप हैं। इस परलोक में जो कपड़े साधारणतया पहने जाते हैं, उनका रूप-आकार दूसरा होता है। उन्हें पहनकर यदि हम तुम्हें लेने जाते, तब तुम अवश्य ही डर जाते। यह स्थान भी अब तुम्हारा है और तुम्हें इसका पूरी तरह से प्रयोग करने का अधिकार है। प्रिय रोज़र, एक बात यदि तुम सुनोगे, तब तुम्हें बहुत आश्चर्य होगा कि भूलोक में हमारे सम्बन्ध में कितनी भ्रान्ति है। मृत्यु के बाद जब मैंने अपने भूलोक में स्थित एन्थेनी से सम्पर्क किया और उसे यहां के संबन्ध में बातें बताईं, वे सब बातें जब एक पुस्तक के रूप में जनता के सामने आईं, तब भूलोक में इस पर बहुत शोर-गुल हुआ। इस पर एक जांच कमेटी नियुक्त की गई। उस कमेटी के प्रधान स्वयं आर्च बिशप ऑफ कैंटरबरी थे। कमेटी ने बड़ी सतर्कता और निपुणता से जांच की और एक रिपोर्ट तैयार की। कमेटी के सदस्यों ने बहुमत से इसकी सच्चाई का समर्थन किया और फिर एक बहुत बड़ा मज़ाक़, जो इस सम्बन्ध में हुआ, वह यह था कि रिपोर्ट सरकारी तौर पर दबा दी गई, क्योंकि उसके आधार पर आधुनिक क्रिश्चियनिटी (ईसाइयत) की नींव डगमगाती थी, जो बिशप महोदय को मंज़ूर नहीं था।

'यह कैसी विडंबना है कि दुनिया और दुनिया के लोग पारलौकिक जीवन की वास्तविकता को जानने के लिए भी तैयार नहीं हैं। यदि रिपोर्ट झूठी प्रमाणित होती, तब उसका डंके की चोट से प्रचार किया जाता। मुझे तुम्हें एक बात और बतानी है। जिन आर्च बिशप महोदय ने उस रिपोर्ट को दबा देने का हुक्म दिया था, वे स्वयं इस परलोक में तशरीफ ले आए हैं। क्या चर्च कभी असलियत को जान पाएगा? यह प्रश्न एक पहेली बना हुआ है।

'रोज़र, यह कितनी दयनीय स्थिति है कि पृथ्वी के करोड़ों लोग परलोक सम्बन्धी सच्चाई से अनभिज्ञ हैं और वे उसे जानने के लिए तैयार भी नहीं हैं। सारी परेशानी इस बात से है कि भिन्न-भिन्न सम्प्रदाय और धर्म के ठेकेदारों तक इस लोक की सच्चाई जब किसी तरह पहुंचती है, तब उसकी रूपरेखा उनके प्रचलित धार्मिक ज्ञान से बिल्कुल भी मेल नहीं खाती। सच्चाई इसलिए भी नहीं अपनाई जाती, क्योंकि ऐसा करने से अमुक सज्जन की दाल-रोटी एवं पद खटाई में पड़ जाते हैं।'

बैन्सन ने बताया कि जब वह परलोक में आया था, उस समय उसकी उम्र 43 साल की थी। अब उसको इस लोक में आए 37 वर्ष हो गए हैं। रोज़र बोला कि इस समय वे 80 वर्ष के होने चाहिएं, परन्तु वे 30 या 35 वर्ष से अधिक नहीं लगते। बैन्सन ने बताया कि वहां की दुनिया आयुरहित है। यहां प्रत्येक मनुष्य चाहे कितनी ही वृद्धावस्था में मरा हो, वह अपनेआपको पूरी युवावस्था में पाता है। यहां पर चेहरे पर झुर्रियां, बाल पकने, इन्द्रियों की शिथिलता एवं शरीर का बौझिल हो जाना, ये सब कुछ नहीं होते।

बैन्सन ने बताया कि परलोक में मानवी विचार सृजनात्मक होते हैं। वह जब विचार करता है, तब उसके विचारों की प्रतिक्रिया भी होती है। भूगोल में जब मनुष्य कोई भवनादि के निर्माण का कार्य करता है, तब सबसे पहले उसकी एक रूपरेखा अपने मन में सोचता है। उस पर फिर एक योजना तैयार होती है तथा साधन उपलब्ध किए जाते हैं, जैसे रुपया, मज़दूर, कारीगर और सामान एकत्र करना आदि। एक बहुत बड़ी सिरदर्दी का सामना करना अनिवार्य होता है, परन्तु परलोक में यह सब कुछ नहीं होता। केवल विचारों की एक शैली अपनानी पड़ती है और निर्माण स्वयं

हो जाता है। यहां 'इच्छा' एक तत्त्व है, जिसका सदुपयोग अवश्य सीखना पड़ता है। यहां की वाटिकाएं और पुष्प, जिनको देखते ही बनता है, इसी प्रकार से निर्मित किए जाते हैं।

बैन्सन ने कहा कि जहां तक मैं समझता हूं, हमारी इच्छाएं ऊंचे लोक में पहुंचाई जाती हैं। उन पर एक शक्ति का अवतरण होता है, जो इस निर्माण कार्य में सहायक होती है।

रोज़र ने एक दिन पूछा, 'क्या परलोक में दोज़ख़ जैसा भी कोई स्थान है?' बैन्सन ने उसे बताया, 'दोज़ख, जिसकी रूपरेखा विविध धर्मों ने विभिन्न प्रकार से खींची है, ऐसा कोई स्थान परलोक में नहीं है। परन्तु परलोक में कुछ बस्तियां ऐसी हैं, जहां पर मन अवश्य आक्लांत हो जाता है और एक प्रकार की घुटन सदा अनुभव होती रहती है। उन स्थानों की हदबंदी करना अथवा उनको किसी परिभाषा में बांधना बड़ा कठिन है। उन स्थानों के प्रत्येक व्यक्ति को यह छूट है कि वह उस दुखद वातावरण से किसी समय भी छुटकारा पा सकता है, परन्तु वह अपने नीच विचारों के कारण अपना दोज़ख़ स्वयं बनाए रखता है। कभी-कभी ऐसे आदमियों को उठाने में बड़ा संघर्ष करना पड़ता है।

'प्रिय रोज़र, सामने जो एक छोटा-सा बंगला नज़र आता है और जहां दो वृक्ष हैं, उसमें जो एक सज्जन रहते हैं, वे कुछ ऐसी ही परिस्थिति से गुज़रे हैं। आओ, वहीं चलें, और उनकी कहानी उन्हीं के मुख से सुनें।'

रोजर और बैन्सन वहां पहुंच गए और आवश्यक अभिवादन के बाद उन सज्जन ने रोजर को संबोधित करके अपनी कहानी इस प्रकार से सुनाईः

'रोज़र, मैं यह बताने में बिल्कुल भी नहीं सकुचाता कि जब मैं यहां आया था, तब यह स्थान बिल्कुल ही दूसरा था, एकदम दूषित। भूलोक में जब मैं जीवित था, तब वहां मैं एक सफल व्यापारी था। रुपया प्रचुर मात्रा में कमाया था। मैं पैसा कमाने के लिए सारे हथकंडे उचित समझता था, बशर्ते वे सारे करतब क़ानून की पकड़ से बाहर हों। मैं अपने कार्य में कुशल भी था तथा समय की आवश्यकतानुसार कभी-कभी बिल्कुल हृदयहीन भी बन जाता था। अपने परिवार में केवल मेरी बात चलती थी, चाहे वह ठीक हो या ग़लत।

'मैं कभी-कभी दान भी देता था और उस समय दिल खोलकर देता था, मगर ऐसा तभी करता था, जब मैं यह समझता कि मेरे ऐसा करने से अधिक लाभ होगा और मेरी खूब ख्याति होगी। दूसरे शब्दों में, मैं अपनेआपको दूसरा ईश्वर समझता था। मेरा विश्वास है, मैं जब मरा था, तब मेरी एक ऊंचे दर्जे की अन्त्येष्टि की गई होगी, परन्तु अब मुझे ज्ञात हो गया है कि भूलोक में एक भी ऐसा प्राणी नहीं है, जिसको मेरे मरने पर लेशमात्र भी दुख हुआ हो।

'जब मैं परलोक में जागा, तब मैंने अपनेआपको एक अत्यन्त गंदी और दूषित कोठरी में पाया। वह जगह मैं अब भी दिखा सकता हूं। भूलोक में मैं एक भव्य महल में रहता था और उसके मुक़ाबले में वह काली कोठरी बिना किसी बाग़-बग़ीचे के इस जीवन का सबसे कड़ुवा अनुभव था। मेरी अथाह दौलत और पैसा, जिन्हें मैं छोड़ आया था, मेरी दरिद्रता को दूर करने में बिल्कुल सहायक नहीं थे। मेरी दरिद्रता तो इसलिए थी, क्योंकि मेरे पास एक दरिद्र आत्मा थी और जो कुछ मैंने इस परलोक में पाया, वह उसीका फ़ल था। मैंने भूलोक में किसी के लिए न कभी कुछ सोचा और न ही कभी कुछ किया था। मैं तो भूलोक में केवल अपने लिए ही जीता रहा।

'मैं उस समय जो कपड़े पहले हुए था, वे सब गंदे और फटे हुए थे और उस समय सिवाय क्रोध करने के और कुछ कर भी नहीं पा रहा था। सबसे विचित्र बात, जो उस समय मैं अनुभव कर रहा था, वह यह थी कि मेरे लाख प्रयत्न करने पर भी, मैं उस स्थान को छोड़ने में असमर्थ था। मुझे ऐसा मालूम होता था, जैसे मुझे किसी ने उस जगह से चिपका दिया हो।

'मेरे चारों तरफ़ ऊसर ज़मीन पड़ी थी और वायुमंडल एक विचित्र प्रकार का धूमिल और मलिन था। ऐसी विषादपूर्ण स्थिति में एक दिन एडविन ने मेरे पास आकर मुझे देखा। वह बेचारा उस दिन मेरे पास आया और जैसा कि मेरा पृथ्वी पर सदैव स्वभाव रहा है, मैंने उससे बड़ा अवूहेलनापूर्ण व्यवहार किया। उसने मेरे अशिष्ट व्यवहार की तनिक भी परवाह नहीं की और शान्त और करुणापूर्ण मुद्रा में खड़ा रहा।

'मैं उस समय क्रोध से भुना जा रहा था और वह क्रोध मुझे और अधिक सन्ताप दे रहा था, क्योंकि मैं यह जानता था कि मेरी इस अधोगति के लिए कौन जिम्मेदार है। मुझे उन धर्म के ठेकेदारों पर भी क्रोध आता था, जिन्होंने मुझसे दान लेते समय मेरी प्रशंसा के पुल बांधे थे। एडविन मुझे कुछ उपदेश देकर चला गया। मैंने उन उपदेशों की तनिक भी परवाह नहीं की।

'मुझे याद है, कुछ समय बाद वह श्री बैन्सन और रूथ को लेकर मेरे पास आया। वह दिन मेरे लिए एक नया दिन साबित हुआ। रूथ और बैन्सन पीछे खड़े थे और एडविन मुझसे बोल रहे थे।

'उस दिन मुझे क्रोध बहुत कम आया क्योंकि मैं लगातार रूथ को देखता रहा। उसकी आकृति ने मुझे मेरी एकमात्र बेटी की याद दिला दी थी जिसे मैं बहुत प्यार करता था, यद्यपि कभी-कभी मैं अपनी लड़की से भी औरों की तरह क्रूर व्यवहार करता था। पता नहीं क्यों, कदाचित् उस क्षणिक प्रेम के आवेग के कारण मैंने अपने अन्दर एक सुखद परिवर्तन का अनुभव किया।

'आगन्तुकों के चले जाने के बाद मुझे एक भीषण एकाकीपन अनुभव होने लगा और फिर आत्मग्लानि ने आ घेरा।

'उस निराश यामिनी में मैं इतना दुखी था कि मैंने एडविन को चिल्ला-चिल्लाकर बुलाना शुरू कर दिया। उसी एडविन को, जिसकी मैंने पहले सदा अवहेलना की थी।

'परलोक में हृदय की पुकार कभी खाली नहीं जाती। मेरी प्रसन्नता का उस समय कोई ठिकाना नहीं रहा, जब मैंने एडविन को आते हुए देखा। मैंने तुरन्त उनसे अपने दुर्व्यवहार के लिए क्षमा याचना की। उन्होंने एक मुस्कराहट से मेरे उद्दण्डतापूर्ण व्यवहार के लिए मुझे क्षमा कर दिया। एडविन ने तब मुझे कुछ ऐसी बातें बताई, जिनको आचरण में लाने से मेरा जीवन ऊंचा उठ सकता था।

'जब एडविन चले गए, तब मैंने यह अनुभव किया कि मेरे कमरे में पहले जैसा अंधेरा नहीं था। मेरे कपड़े तब पहले की तरह भद्दे नहीं थे। मुझे इस परिवर्तन से अपनी त्रुटियों का ज्ञान हुआ और ऊंचा उठने की

प्रेरणा भी मिली, क्योंकि तब तक जो कुछ भी मैंने सहा, उसका मैं ही एकमात्र कारण था।'

केस नं. 5

पुस्तक का नाम : लाइफ़ वर्थ लिविंग
परलोकगत आत्मा : जॉन
लेखिका एवं संपर्क में आया व्यक्ति : श्रीमती एफ़. हैस्लौप
(जो परलोकगत महाशय की पत्नी भी है)
प्रकाशक : मैसर्स चार्ल्स टेलर, बुक हाउस, 23, वार्विक लेन, लन्दन।

लेखिका द्वारा पूर्वाभास

इससे पहले कि मैं पारलौकिक जीवन के संबंध में कुछ कहूं, मैं यह बताना आवश्यक समझूंगी कि जॉन (मेरे पति), जिनके मरने के बाद मुझे यह ज्ञान उनसे मिला, किस स्तर के व्यक्ति थे।

जॉन स्कॉटलैंड के नागरिक थे और उन्हें अपनी नागरिकता पर गर्व था। उन्हें अपनी आंतरिक भावनाओं पर काफी सन्तुलन था, जिसके कारण उनके हृदय की गहराई का किसी को आसानी से पता नहीं लग सकता था। वे स्वभाव से विनम्र थे और अतिथि-सत्कार में विशेष रुचि रखते थे। वे कर्म करने में विश्वास रखते थे। उनका व्यक्तित्व पौरुष के स्तर पर दृढ़ था, परन्तु दूसरों की कमज़ोरी के प्रति वे सदा उदार रहते थे। वे कवियों की कपोलकल्पित उड़ान से कभी भी प्रभावित नहीं हुए। अध्यात्मवाद में उनकी बिल्कुल आस्था नहीं थी। जब तक मेरे पति जीवित रहे, हमने मृत्यु के सम्बन्ध में कभी कोई विचार नहीं किया और न ही कभी यह मन में आया कि परलोक में जाकर कोई कुछ बता सकता है। मृत्यु हमारे लिए चिर वियोग था।

मृत्यु के बाद जॉन से कैसे संपर्क हुआ, यह एक लम्बी कहानी है, परन्तु आज मैं गर्व से कह सकती हूं कि उनके और मेरे बीच की तमाम खाइयां समाप्त हो गई हैं। मेरी चेतना में जॉन की उपस्थिति का आभास तुरन्त हो जाता है। मैं उन्हें देख सकती हूं और जैसे ही वे मेरे कमरे में घुसते हैं, वे

मेरे पास आकर खड़े हो जाते हैं। वे धीरे-धीरे बोलते हैं, पर मुझे सब अच्छी तरह से सुनाई देता है। वे जो कुछ बताते हैं, उसे मैं लिख लेती हूं।

जॉन द्वारा दिए गए प्रवचनों का सार

मैं कौन हूं? मैं कहां से आया हूं? मैं इस संसार में क्यों भेजा गया हूं?

उपर्युक्त प्रश्न प्रत्येक विचारशील मनुष्य के हृदय में उत्पन्न होते रहते हैं। मैंने इस परलोक में आकर बहुत-सी ऊंचा उठाने वाली बातें सीखी हैं। मैं बहुत थोड़े शब्दों में उनके संबन्ध में बताना चाहूंगा।

मनुष्य एक त्रिगुणमय प्राणी है। उसका निर्माण शरीर, जीव और आत्मा के संयोग से हुआ है। उसको पहले आत्मा, फिर जीव और तीसरे उन दोनों को धारण किए हुए एक स्थूल शरीर रूपी वाहन वाला प्राणी कहना अधिक उचित होगा। जीव और आत्मा के सम्बन्ध में बहुत भ्रान्ति है और उनकी वास्तविकता समझने में अक्सर लोग भूल करते हैं।

आत्मा तो ईश्वरीय तत्त्व है। उसका प्रसार चिंगारी के रूप में सीधे ईश्वर से होता है। इसका उद्गम एक बहुत बड़ा रहस्य है। जीवन में सभी पावन कर्म इसकी प्रेरणा से होते हैं। जीव ही असली मनुष्य है। जब मनुष्य पवित्रता और अध्यात्म के स्तर पर जीवन बिताता है, तब उसका जीव[1] (सोल बॉडी) सुन्दरता और कान्ति में पूर्णता की तरफ बढ़ता है। मृत्यु के बाद, ऐसे लोग सीधे ऊंचे लोक मे जीवन बिताते हैं। पृथ्वी पर बहुत-से लोग यह समझने में ग़लती करते हैं कि एक बच्चा, जो गिरे हुए और नीच लोगों के घर में पैदा हुआ है, उस पर परमात्मा का भारी अन्याय हुआ है। वे यह नहीं जानते कि बहुत-से ऐसे जन्मों में विकास के लिए आत्मा ने अपनी दूरदृष्टि के आधार पर ऐसा वातावरण और जन्म स्वयं पसन्द किया है, क्योंकि ऐसा करने से उसे स्वयं से संघर्ष करने का मौका मिलेगा, जिससे उसका जीवन बहुत थोड़े समय में ही ऊंचा उठ सकेगा।

---

1. जीव (सोल बॉडी), जिसका ज़िक्र इस लेख में किया है, वह थियोसोफ़िकल साहित्य के अनुसार 'कारण शरीर' समझना चाहिए, क्योंकि यही वह शरीर है, जो पावन जीवन से अधिक कान्तिमय और आकार में विस्तृत होता है।

मृत्यु

मृत्यु क्या है? यह वह अनुभव है, जो प्रत्येक उस प्राणी को होता है, जिसने जन्म लिया है, परन्तु सबसे बड़े आश्चर्य की बात यह है कि संसार में ऐसे लोग बहुसंख्या में हैं, जो इस सम्बन्ध में कोई भी जानकारी प्राप्त करने के इच्छुक नहीं हैं। बहुत-से लोग तो इसके नाम से ही भयभीत रहते हैं और मृत्यु का विचार ही उनके जीवन में कड़वाहट पैदा कर देता है। दूसरा वर्ग ऐसा है, जो मृत्यु का विचार आते ही उसे भूलने का प्रयास करता है और ऐसे लोग तुरन्त आमोद-प्रमोद के विचारों में, अथवा अपने व्यापार सम्बन्धी विचारों में खो जाने का प्रयास करते हैं। यदि कभी कोई विचार भी करता है, तो उसका तुरन्त यह फैसला होता है कि मरने के बाद मनुष्य का रह भी क्या जाता है, तो क्यों न इस भौतिक जीवन को सदा रंगीन बनाकर जिया जाए! अतएव, ऐसे लोगों की संख्या बहुत कम है, जो इस संबन्ध में कुछ जानकारी रखते हैं और उन लोगों की संख्या तो बहुत ही कम है, जो कुछ जानकर इस ज्ञान को अपने आचरण में ढालने का प्रयत्न करते हैं।

मैं उन दुर्बल आत्माओं की जानकारी के लिए बताना चाहूंगा और बहुत ज़ोरदार शब्दों में कहना चाहूंगा कि मृत्यु के आगमन पर शरीर छोड़ने की क्रिया, बिल्कुल स्वाभाविक और वेदनारहित होती है। कभी-कभी मृतक के मुख पर अंकित जो विकृत भाव देखे जाते हैं, वे वेदना के प्रतीक नहीं होते, बल्कि वे स्नायु और मांसपेशियों में आ गई स्वाभाविक प्रतिक्रिया के फलस्वरूप होते हैं, जिनकी अनुभूति प्राणी को बिल्कुल नहीं होती। इस तथ्य को वे लोग भली-भांति समझते हैं, जिनको अन्तर्दृष्टि व दिव्यदृष्टि का सौभाग्य मिला होता है।

शरीर छोड़ने की क्रिया पैरों से आरम्भ होती है और सिर पर समाप्त हो जाती है। मनुष्य का सूक्ष्म शरीर, जो उसके भौतिक शरीर के अनुरूप होता है, जब उससे पृथक होता है, तब वह खड़ी हुई अवस्था में कभी नहीं देखा गया। वह अधिकतर लेटी हुई अवस्था में भौतिक शरीर के ऊपर तैरता रहता है। ऐसी परिस्थिति में वह थोड़े समय रहता है, क्योंकि

उसका सूक्ष्म शरीर अपने भौतिक शरीर से एक बारीक रूपहली डोर से बंधा रहता है। जब तक यह डोर कायम रहती है, मृत्यु नहीं होती, परन्तु डोर के टूटते ही मृत्यु हो जाती है। कभी-कभी यह देखा गया है कि मृतक को लेने के लिए आई हुई आत्माएं, इस डोर को स्वयं तोड़ती हैं, जिससे मृत्यु की क्रिया जल्दी-से-जल्दी सम्पन्न हो सके।

बीमारी के बाद मृत्यु होने पर मृतक बहुधा मूर्च्छित अवस्था में होते हैं। यह मूर्च्छा कई दिनों अथवा महीनों तक रहती है, परन्तु दुर्घटना के फलस्वरूप मृत्यु होने पर मनुष्य परलोक में तुरन्त जाग जाता है, परन्तु उसकी यह अवस्था बड़ी दयनीय एवं भ्रान्तिपूर्ण होती है।

यदि पृथ्वी पर मानव-जीवन स्वार्थी और पापपूर्ण रहा है, तब जीवात्मा अपने आपको एक धूमिल से अंधकारमय और सन्तप्त वातावरण में पाती है और उसको यह समझने में भी कठिनाई होती है कि वह वास्तव में मर चुका है। उसकी यह अज्ञानता, कभी-कभी उसे और नीचे की ओर अधिक दुखद वातावरण में ढकेल देती है।

यदि उसका जीवन सेवा और सहानुभूतिपूर्ण रहा हो, तब परलोक उसके लिए एक सौन्दर्य का अपूर्व स्थान प्रस्तुत करता है।

परलोक में जो लोग नीचे के उपलोक में रहते हैं, वे खाने-पीने और सोने का उपकरण करते रहते हैं, क्योंकि भौतिक जीवन का स्वभाव उनसे तुरन्त भुलाया नहीं जाता, परन्तु ऊंचे उपलोकों में इन सबकी कोई आवश्यकता अनुभव नहीं की जाती। जैसे-जैसे मनुष्य उन्नति करता है और अपने विचारों में पवित्रता बरतता है, वैसे-वैसे उसके शरीर में कान्ति व सुन्दरता का समावेश होना आरम्भ हो जाता है।

जो मनुष्य पृथ्वी पर स्वार्थी, खुश्क और संकीर्ण दृष्टि वाले होते हैं और जो सदैव पापकर्म में रत रहे हैं, वे परलोक में भी सम विचार वालों से घिरे रहते हैं और उनके चारों तरफ उदासीन और संतप्त वातावरण का सम्राज्य होता है। यदि ऐसे वातावरण में भी उन्हें अपने दुष्कर्मों पर पश्चात्ताप नहीं होता, तब वे उससे भी और नीचे के उपखण्ड में उतर आते हैं, जिसे 'ग्रे वर्ल्ड' कहते हैं। यहां धूमिल वातावरण के साथ-साथ अंधकार भी गहरा होता जाता है, परंतु यह बिल्कुल भी नहीं समझना

चाहिए कि उनका पतन सदा के लिए हो गया है। ऊपर उठने की प्रेरणा उनमें स्वयं जागनी चाहिए, तब हाथ पकड़कर ऊंचा उठाने वाला भी मिल ही जाता है। इस लोक में मनुष्य का अपने हृदय से व्यक्त आर्तनाद कभी व्यर्थ नहीं जाता।

शान्त प्रकृति वाले महानुभाव, जिनका स्वभाव प्रेम और करुणा से ओतप्रोत रहता है, उनकी भी तुम्हारी पृथ्वी पर कमी नहीं है। वे साधारणतः सीधे ही तीसरे उपलोक में, जिसे 'समरलैंड' भी कहते हैं, मृत्यु के बाद जाते हैं। यह स्थान पहाड़, सुरम्य वाटिकाओं, नदियों एवं झीलों से भरपूर है। यहां मकानों के साथ वाटिकाएं हर तरफ नज़र आती हैं और ऐसा मालूम देता है कि इस लोक में दैवी विभूति ने अपना स्थायी रूप धारण कर लिया है, क्योंकि वहां की वाटिकाओं में पुष्प खिलकर कभी नहीं मुझति और न वहां तूफान, हिमपात, गर्मी, आंधी और वर्षा आदि के प्रकोप होते हैं, जिनके कारण पृथ्वी पर प्रकृति का सौन्दर्य अस्त-व्यस्त हो जाता है।

कुछ समय बाद जब जीवात्मा अपने आध्यात्मिक स्तर पर कुछ और ऊंची उठती है और महात्माओं एवं संतों के संपर्क में अधिकाधिक आती है, तब ऊपर के उपखंड में प्रवेश करने से पहले उसे क्षणिक मूर्च्छा की अनुभूति होती है और मनुष्य अपनी व्यक्तिगत प्रगति के अनुसार चौथे या पांचवें या और ऊपर के उपखंडों में जागता है। यहां पर प्रकृति अधिक सौन्दर्यमय होती है और वायुमंडल के कम्पनों में तीव्रता भी होती है। पांचवां उपलोक कवि, विद्वान, संत एवं महान व्यक्यिों का स्थान है। कलाकार, विज्ञानवेत्ता भी यहीं पर रहते हैं। चौथे उपलोक में बच्चों के लिए विशिष्ट स्थान है और यहां पर उनकी उचित देखभाल भी होती है।

केस नं. 6

पुस्तक का नाम : द अवर साइड

परलोकगत आत्मा : जिम (जिसने आत्महत्या की थी)

लेखक व संपर्क में आया व्यक्ति : जेम्स पाइक (जो मृतक के पिता भी हैं और पुस्तक के लेखक भी)

प्रकाशक : डब्लू. एच. ऐलन, लन्दन।

लेखक महोदय बिशप पाइक का संपर्क जब अपने परलोकगत पुत्र जिम से होता है, तब इस अनुभव से उनकी धारणा की नींव हिल जाती है और उनको विश्वास हो जाता है कि मृत्यु से जीवन का अंत नहीं होता। दुर्भाग्यवश, जिम ने आत्मघात किया था।

पुत्र की मृत्यु से पहले पाइक का मरणोपरान्त जीवन में बिल्कुल विश्वास नहीं था। जिम की मृत्यु के बाद लगभग 60 ऐसी घटनाएं हुईं, जिनके कारण पाइक ने अन्य पादरियों से, विश्वविख्यात तत्त्ववेत्ताओं से और अन्त में एक श्रीमती ऐना ट्विग से, जो इंग्लैंड की एक प्रसिद्ध महिला मीडियम (मृतात्माओं के साथ संपर्क स्थापित कराने में सहायता देने वाली) थी, पत्र-व्यवहार किए। उपर्युक्त महिला ने पाइक की प्रार्थना पर परलोकगत जिम से सीधा सम्पर्क स्थापित किया। उपर्युक्त पुस्तक में पिता और पुत्र के बीच में हुए दिलचस्प विचारों का आदान-प्रदान का सिलसिलेवार ब्योरा है। इस संपर्क ने पाइक की विचारधाराओं में महत्त्वपूर्ण परिवर्तन किया, जो पाठकों के लिए पथ-प्रदर्शन का कार्य करता है।

पाइक पहले वकालत करते थे, परन्तु ढलती उम्र में वह पादरी बन गए थे। कुछ ही समय में वह अपनी अपूर्व प्रतिभा के कारण कैलिफ़ोर्निया के बिशप पद पर नियुक्त किए गए। अन्य पादरियों ने जब उनके क्रान्तिकारी विचारों को सुना, तो उन्होंने उन पर तरह-तरह की तोहमतें लगा दीं, जिनके कारण उन्हें निचले पद पर लौटना पड़ा।

इनके विचारों की अमरीकन समाज में अभी भी बहुत क़द्र की जाती है।

मीडियम द्वारा बहुत-सी बैठकों में जिम ने जो बातें बताईं, वे नीचे दी जा रही हैं। इनमें संबोधित वह अपने पिता को करता है—

'आप जानते हैं, मैं परलोक में एक गम्भीर और असन्तुलित मानसिक स्थिति में आया था। मुझे संसार के प्रति कोई दुराग्रह नहीं था, यद्यपि मेरे अंदर अज्ञानता अवश्य थी। मैं स्वभाव से आम लोगों पर अविश्वास करता था। यहां आने पर मैंने अपने आपको बहुत-सी बदली हुई परिस्थितियों के अनुरूप ढाल लिया है। जब मैं यहां पर आया था, तब मुझे बताया गया कि इस लोक में पृथ्वी पर प्राप्त व्यक्तिगत पढ़ाई व ऊंची शिक्षा का कोई अर्थ नहीं है। मैंने तब इस बात का पता लगाया कि वे कौन-सी चीज़ें हैं, जिनका परलोक में महत्त्व है।

'परलोक में करुणा, विवेक और दया बहुत बड़ी चीज़ें हैं, परन्तु इनके संबन्ध में पृथ्वी पर साधारण लोगों की धारणाएं बहुत हलकी हैं। इसके कारण उनमें कोई विशेष उपलब्धि नहीं होती है, क्योंकि जनसाधारण केवल दिखावे के लिए उन पर आचरण करता है। वास्तविक रूप में ये बड़े विचित्र और परिवर्तनशील गुण हैं। इनको व्यवहार में लाने पर ही मनुष्य कुछ उन्नति कर सकता है। आवश्यकता इस बात की है, जब आप इन गुणों को किसी के प्रति व्यवहार में लाते हैं, तब यह सोचना चाहिए कि यदि आप ऐसी दुखद परिस्थिति में होते, जिसमें आपने दूसरों की सहायता की है, तो आप स्वयं कितनी और किस प्रकार की सहायता से संतुष्ट हो सकते थे।

'धीरे-धीरे मैं अब अनुभव करता हूं कि उपर्युक्त गुणों पर आचरण प्रत्येक व्यक्ति को बहुत-से पारलौकिक बंधनों से मुक्त कर सकते हैं। इन पर आचरण करने वालों के लिए यह आवश्यक नहीं है कि वे किसी विशेष धर्म के अनुयायी हों। यह भी जरूरी नहीं कि वे ईश्वर को मानते हैं या नहीं। मैं अब बहुत ज़ोरदार शब्दों में कह सकता हूं कि जब मैं पृथ्वी पर था, तब धर्म और दर्शन के अध्ययन से मुझे इस सम्बन्ध में कुछ भी नहीं मिल सका था।

'दूसरी बात जो मेरी अनुभूति में आई है, वह यह है कि ईश्वर एक केन्द्रीय शक्तिपुंज है और हम सब यथायोग्य अपनी शक्ति के अनुसार उपर्युक्त आचरण से उसके प्रति, उसकी असीम कृपा के बदले भुगतान करते हैं।

'परलोक में आने पर बहुत बड़े उल्लास की अनुभूति होती है। कौन कहता है कि हम मृतक हैं? मृतक तो दुनिया वाले हैं, क्योंकि सब अजब भ्रान्तिपूर्ण वातावरण में रहते हैं, जो वास्तविकता से कोसों दूर है। मुझे इस लोक के सम्बन्ध में बहुत कुछ कहना है। यहां का प्रत्येक व्यक्ति प्रेम और शान्ति की गरिमा को भली-भांति समझता है। यह वह दुनिया है, जहां संगीत और कविता एक रंगीन भाषा में नहीं बताई जा सकती।

'यहां पर हम सही अर्थों में निःस्वार्थ बनना सीख सकते हैं। निःस्वार्थ भाव मनुष्य को मुक्ति के द्वार तक पहुंचाने वाला रास्ता है।

'जिस मनुष्य को अपने पारलौकिक जीवन में कोई इच्छा बाक़ी नहीं रहती, वह यहां पर सब कुछ पा लेता है। यह एक विचित्र पहेली है।'

केस नं. 7

पुस्तक का नाम : ऑटोबायोग्राफ़ी ऑफ ए योगी
परलोकगत आत्मा : युक्तेश्वर गिरी (जो लेखक के गुरु थे)
संपर्क में आया व्यक्ति : योगानन्द परमहंस (जो पुस्तक के लेखक हैं और परलोकगत युक्तेश्वर गिरी के शिष्य भी)
प्रकाशक : जयको पब्लिशिंग हाउस, 125, महात्मा गांधी रोड, मुंबई।

लेखक महोदय का परिचय

लेखक महोदय का बचपन का नाम मुकुन्दलाल घोष था। इनका जन्म एक बंगाली परिवार में 5 जनवरी, सन् 1893 में यू. पी. की प्राचीन नगरी गोरखपुर में हुआ था। मुकुन्द अपने माता-पिता की चौथी संतान थे। यह बचपन से ही कुछ धार्मिक प्रवृत्ति के थे और कभी-कभी इनको अपने पिछले जन्मों की स्मृति का आभास भी होता था। सन् 1914 में इनको स्वामी सम्प्रदाय में दीक्षा मिली, तब से इनका नाम योगानन्द रखा गया। इनके गुरु युक्तेश्वर गिरी थे, जिनका आश्रम सीरामपुर में था। युक्तेश्वर के गुरु बनारस के प्रसिद्ध लहरी महाशय थे, जिनके सम्बन्ध में लेखक ने यहां तक लिखा है कि लहरी महाशय ने अपने आशीर्वाद को सफल बनाने के लिए युक्तेश्वर के एक प्रिय चेले राम को, जिसकी मृत्यु हैज़े के कारण हो गई थी, दीये के तेल की सात बूंद मृतक के कंठ में डालकर पुनः जीवित कर दिया था।

योगानन्द ने 7 मार्च, 1952 को अमरीका में महासमाधि ली। 27 मार्च, अर्थात 20 दिन बाद, जब उनका शरीर कांसे के संदूक में समाधिस्थ किया गया, उस समय भी उनका शरीर पूरी ताज़गी की अवस्था में पाया गया, जो एक बहुत ही अपूर्व और चमत्कारिक घटना थी। इस स्थिति की वहां के मोर्चरी के डायरेक्टर हैरी टी. रो. ने एक पत्र द्वारा पुष्टि की है।

योगानन्द के गुरु युक्तेश्वर गिरी भी स्वयं एक पहुंचे हुए संत थे। उन्होंने अपने शरीर को 9 मार्च, 1936 के दिन त्यागा था और 19 जून, 1936 को, जबकि योगानन्द बम्बई के एक होटल में ठहरे हुए थे, उन्होंने अपनी एक दूसरी निर्माण काया द्वारा, जो बिल्कुल उनके भौतिक शरीर के अनुरूप थी, अपने प्रिय शिष्य योगानन्द को दर्शन दिए।

गुरु-चेले का उस समय यह सीधा संपर्क था। युक्तेश्वर ने उस समय जो परलोक के संबन्ध में अपने शिष्य को बातें बताईं, वे और लोगों के बताए हुए ज्ञान की पुष्टि करती हैं। युक्तेश्वर द्वारा दिया गया पारलोकिक ज्ञान इस प्रकार है–

मैं एस्ट्रल प्लेन (भुवर्लोक) के उस उपलोक में रहता हूं, जिसे हिरण्यलोक कहते हैं। मैं वहां पर पृथ्वी से आई हुई बहुत सी विकसित आत्माओं को मुक्त होने में सहायता करता रहता हूं।

एस्ट्रल प्लेन के कई उपलोक हैं। यहां पर पृथ्वी की तरह बदलती हुई ऋतुएं नहीं होतीं और सदा मौसम एक-सा तथा वसंत के अनुरूप रहता है। ऊंचे उपलोक झीलों, नदियों, पहाड़ों और समुद्रादि प्राकृतिक सौन्दर्य साधनों से भरपूर हैं।

एस्ट्रल लोक में विभिन्न प्रकार के लाखों प्राणी निवास करते हैं। उनमें बहुत-से तो वे होते हैं, जो पृथ्वी से इस लोक में आते हैं, परन्तु उनके अतिरिक्त सैकड़ों प्रकार की परियां, मछलियां, पशु और उपदेवताओं का भी यह निवास स्थान है। ये सब अपने-अपने कर्मानुसार इस लोक में जुटे रहते हैं।

यहां पर अच्छी आत्माएं बड़ी आसानी से एक जगह से दूसरी जगह पर आ-जा सकती हैं, परन्तु नीच और पतित आत्माएं बहुधा अपने-अपने इलाकों में ही सीमित रहती हैं, क्योंकि कुत्सित वासनाएं उनको उन्नतप्रदेश में प्रवेश करने में बाधा उपस्थित करती हैं। पथभ्रष्ट और काली करतूतों वाली आत्माएं अपने साथ ऐसे घृणित विचारों के बम लिए फिरती हैं, जिनके विस्फोट से युद्ध, दुराग्रह और संताप का वातावरण उत्पन्न होता रहता है। ये अवांछनीय व्यक्ति एक ऐसे वातावरण के प्राणी हैं, जहां सदा एक प्रकार की उदासीनता, वेदना और भय का साम्राज्य रहता है। यही पारलौकिक नरक है।

नीचे के इन दो उपखंडों के अतिरिक्त ऊपर के जितने भी उपखंड हैं, वे सब सुन्दर और पूर्ण प्रकाश से आलोकित हैं।

पृथ्वी पर ठोस को तरल और दूसरी वायव्य प्रकृति में परिवर्तित करने के लिए स्वाभाविक या रासायनिक पद्धति प्रयोग में आती है, परन्तु एस्ट्रल लोक का ठोस पदार्थ तरल और वायव्य प्रकृति में केवल इच्छा या संकल्प से परिवर्तित होता रहता है।

पृथ्वी पर समुद्र, पृथ्वीतल और आकाश में सदैव अशान्ति, संघर्ष और हत्याओं की कालिमा छाई रहती है, जहां शक्तिशाली सदा निर्बल का शोषण करता है, परन्तु एस्ट्रल लोक में केवल सुख, शान्ति और बराबरी का साम्राज्य है।

एस्ट्रल लोक के रहने वाले अपनी शक्ल-सूरत को इच्छानुसार बदल सकते हैं और अमुक जगह से अदृश्य व अमुक स्थान पर प्रकट भी हो सकते हैं। यहां तक कि इस लोक के फूल और पशु भी कभी-कभी मानवी देह धारण करते देखे गए हैं।

इस लोक में सम्पर्क व संचार व्यवस्था केवल टेलीपैथी से या दिव्यदर्शन से होती है। पृथ्वी पर मनुष्य अपने वक्तव्य व लिखित संदेश से ग़लत भी समझा जा सकता है, परन्तु एस्ट्रल लोक में न किसी को धोखा दिया जा सकता है और न ही किसी को ग़लत समझा जा सकता है।

यहां पर सब्ज़ी और फल अपूर्व कान्तिमय होते हैं और जल अमृततुल्य होता है, जिन्हें यहां के रहने वाले खााते-पीते हैं, परन्तु ऊंचे उपलोक (हिरण्यलोक) के रहने वाले खाने-पीने के झंझटों से मुक्त हैं।

एक एस्ट्रल लोक का निवासी न केवल अपने पिछले, बल्कि उससे भी पहले जन्मों के माता-पिता, पुत्र, स्त्री और पति तथा मित्रों से भी मिल सकते हैं।

इस लोक का निवासी केवल बाहरी बनावट और भावभंगिमा को देखकर अपने अंतर्ज्ञान (इंट्यूशन) के आधार पर अपने इष्ट-मित्रों एवं संबन्धियों को पहचान लेता है। इस लोक में रहने की अवधि पृथ्वी पर जीवित रहने की आयु से कहीं अधिक होती है। यहां पर मनुष्य अनिच्छित मृत्यु, रोग व वृद्धावस्था से मुक्त रहता है।

पृथ्वी पर हमें लोग अपनी पांचों ज्ञानेन्द्रियों द्वारा ही अनुभव करके संपर्क स्थापित कर सकते हैं, परन्तु एस्ट्रल लोक में केवल अंतर्ज्ञान (इंट्यूशन) ही सब कुछ बता देता है। यद्यपि एस्ट्रल शरीर में भौतिक शरीर के अनुरूप नाक, कान, आंख आदि बने होते हैं, पर यहां ये इन्द्रियां केवल दिखावे मात्र को होती हैं। दूसरे शब्दों में हम वहां पर नाक, कान एवं त्वचा से भी देख और सुन सकते हैं।

पृथ्वी पर मानव बहुत प्रकार की दुर्घटनाओं का शिकार हो सकता है। यहां पृथ्वी पर सांघातिक चोट व अंग-भंग आए दिन होते रहते हैं, परन्तु एस्ट्रल प्लेन पर शरीर का कोई हिस्सा क्षति-ग्रस्त होने पर तुरन्त ठीक और पूर्ण हो सकता है। यहां पर केवल संकल्प की ही आवश्यकता है।

युक्तेश्वर के उपर्युक्त वक्तव्य पर समीक्षा

युक्तेश्वर ने जो कुछ परलोक सम्बन्धी बातें बताईं, उनसे थियोसोफ़ी द्वारा बताया पारलौकिक जीवन का आधार एवं केस नं. 1 से 6 तक मिली स्वतन्त्र जानकारी, जो भिन्न-भिन्न लोगों को अलग-अलग समयों में प्राप्त हुई है, उसकी पुष्टि मिलती है।

सबसे बड़ी बात इस संबन्ध में यह है कि युक्तेश्वर ने मृत्यु के बाद एक योगसाधना द्वारा निर्मित क्षणिक भौतिक-सम शरीर (मैटेरियलाइज़्ड टेम्परेरी बॉडी) द्वारा यह सब कुछ बताया था, जो सीधा और भ्रान्तिहीन संपर्क था, जबकि अन्य लोगों के अनुभव व जानकारी स्वचालित लेखन क्रिया (ऑटोमैटिक राइटिंग) के माध्यम से प्राप्त हुए थे। केस नं. 5 भी एक सीधा संपर्क प्रस्तुत करता है।

यह निर्विवाद तथ्य है कि बहुत से मृतक अधूरा व पूर्ण, कुछ समय के लिए शरीर निर्माण (मैटरियलाइज़ेशन ऑफ पार्शियल एंड कंप्लीट फिज़ीकल बॉडी) करते देखे गए हैं, जबकि युक्तेश्वर तो स्वयं एक समर्थ योगी थे। उन्होंने पूर्ण निर्माण काया द्वारा अपने शिष्य को दर्शन दिए।

युक्तेश्वर ने जिस हिरण्यलोक का ज़िक्र किया है, उससे उनका आशय कदाचित स्वर्गलोक से है, क्योंकि वहां से उन्होंने अपने वक्तव्य में कैजुअल प्लेन पर पहुंचने का ज़िक्र किया है। कैजुअल प्लेन की स्थिति स्वर्गलोक से ऊपर है, जिसे प्राचीन ग्रन्थों में 'महर्लोक' की उपाधि दी गई है। उन्होंने हिरण्यलोक में अधिक समय तक रहने का भी हवाला दिया है, जो केवल स्वर्गलोक में ही संभव है। पिछले भौतिक जीवन के संबन्धी एस्ट्रलप प्लेन पर मिलते हैं, इसको तो और लोगों ने भी बताया है, परन्तु पिछले और जन्मों के संबन्धी केवल स्वर्गलोक में ही मिल सकते हैं।

3

मृत्यु के तुरंत बाद के अनुभवों का संग्रह

यहां उन अनुभवों का संग्रह है, जो मृत्यु के तुरन्त बाद बहुत से लोगों को हुए और जिनको मृतक लोगों ने भिन्न-भिन्न तरीक़ों से अपने इष्ट-मित्रों तक पहुंचाया। संदर्भ पुस्तकों के नाम इस प्रकार हैं–

1. **टेकनीक्स ऑफ एस्ट्रल प्रोजेक्शन**
2. **सुप्रीम एडवेंचर**
3. **मोर एस्ट्रल प्रोजेक्शन**

इन तीनों पुस्तकों के लेखक : रॉबर्ट कूकल, बी. एस-सी. (साइकोलोजी), डी. एस-सी., पी-एच. डी., पूर्व निदेशक, वनस्पति विज्ञान (विश्वविद्यालय एडरबीन); भूतपूर्व प्रधानाचार्य, भूगर्भ विज्ञन (जियोलोजिकल सर्वे, लन्दन), सदस्य, मनोविज्ञानानुसंधान परिषद (सायकीकल रिसर्च सोसायटी), सदस्य, चर्चेज फ़ेलोशिप फार सायकीक स्पिरिचुअल स्टडीज़)

जिन लोगों ने स्वतन्त्र रूप से स्थूल शरीर से अलग होते समय जो कुछ देखा अथवा एस्ट्रल प्रोजेक्शन की अवस्था में सीधा अनुभव किया या जानकारी प्राप्त की थी, उनके नाम प्रत्येक केस के साथ अंकित हैं। वे लोग अंग्रेज़, अमरीकन, फ्रेंच व तिब्बती थे तथा व्यवसाय से वे डॉक्टर, लेखक और संगीतज्ञ थे।

मिसेज़ कीलर के अनुभव

- बेहोश करने वाली औषधियों से जीव ज़बरदस्ती शरीर से बाहर हो जाता है। ऐसी अवस्था में किसी प्रकार की वेदना तो

अनुभव नहीं होती, परन्तु पारलौकिक ज्ञान सम्बन्धी इन्द्रियां अवश्य शिथिल हो जाती हैं।

- चेतना कुछ समय की मूर्च्छा के बाद लौटती है।
- जैसे-जैसे कोई मनुष्य 'एस्ट्रल प्रोजेक्शन' की साधना में प्रगति करता है, वैसे-वैसे उसकी शारीरिक आभा प्रभावशाली होने लगती है।

मोल्डन के अनुभव

- परलोक में मित्र और स्वजन कई प्रकार से सहायता पहुंचाते हैं। विशेषकर नवागत जब भय से त्रस्त होता है, वे उसके भय को दूर करने में सहायक होते हैं।
- स्थूल शरीर को त्यागते समय एस्ट्रल बॉडी साधारणतः सर्प की चाल से अलग होती है, परन्तु अलग होने के बाद वह सीधी उड़ान भरती है।
- जीवित अवस्था में एस्ट्रल बॉडी स्थूल शरीर से एक लचकदार चमकीली डोर 'सिल्वर कॉर्ड' से बंधी रहती है। सोते समय जब एस्ट्रल बॉडी में मनुष्य घूमता फिरता है, तब वह डोर रबड़ की तरह खिंचती चली जाती है।

हॉल जो स्वभाव से ही नास्तिक थे, उनके दो मित्र उच्चकोटि के विद्वान थे। वे विज्ञान और दर्शन के भी ज्ञाता थे और अपने व्यवसाय में कुशल और प्रवीण थे। उन दोनों मित्रों का यह दावा था कि वे इच्छानुसार शरीर को त्यागकर सूक्ष्म जगत में भ्रमण करते हैं और वहां वे अपने मृतक संबन्धियों से भी वक्त-ज़रूरत सलाह-मशविरा करते हैं।

एस्ट्रल प्रोजेक्शन किसे कहते हैं?

जब मनुष्य संस्कार के बल पर अथवा अभ्यास और साधना द्वारा जाग्रत अवस्था में अपनी इच्छानुसार अपनी एस्ट्रल बॉडी (सूक्ष्म शरीर) को अपने स्थूल शरीर से बाहर निकाल लेता है, उसे 'एस्ट्रल प्रोजेक्शन' कहते हैं।

एस्ट्रल प्रोजेक्शन की साधना कैसे की जाए?

(क) सीधा बैठिए, जिससे शरीर के रक्त-प्रवाह में कोई रुकावट न हो। हाथ और पैरों को एक-दूसरे पर रखना वर्जित है, क्योंकि ऐसा करने से रक्त-प्रवाह में बाधा पड़ती है और उसके फलस्वरूप एस्ट्रल बॉडी के बाहर निकलने में भी बाधा उपस्थित होती है।

(ख) अंधेरे में और आंखें मीच लेने से स्नायु अधिक भावुक बन जाते हैं। वास्तव में साधक पहली दफ़ा खुली आंखों से कभी भी बाहर नहीं हो सकता।

(ग) पास में वाष्प का आयोजन होना चाहिए, अथवा पानी की वाष्प का आयोजन होना चाहिए, अथवा हाथों को पानी में डुबो देना चाहिए। ऐसा करने से दूषित आत्माएं दूर रहती हैं।

(घ) साधक को मांस का आहार वर्जित है। उपवास व साधना मदद देती है। भोजन करने के तुरन्त बाद क्रिया नहीं करना चाहिए। जिस दिन अधिक भोजन किया हो, उस दिन भी साधना नहीं करना चाहिए।

(च) तम्बाकू, मदिरा अथवा अन्य नशीली चीज़ों का प्रयोग भी वर्जित है।

(छ) साधना में सफलता लाने के लिए फल और सब्ज़ियों का प्रयोग लाभदायक है। गाजर का प्रयोग विशेष रूप से लाभदायक और मूंगफली का विशेष रूप से ख़राब होता है।

- वे लोग, जिनकी चेतना में भूलोक अथवा अपने शरीर के प्रति मोह होता है, उन्हें मृत्यु के समय शरीर त्यागते हुए नीचे की तरफ़ गिरने का भान होता है। ऐसा विशेषकर उनको अनुभव हुआ है, जिनकी मृत्यु भरी जवानी में हुई थी, अथवा जो विशेष रूप से अपनी वासनाओं के दास रहे थे।
- उन लोगों को, जिनकी चेतना में अध्यात्म के प्रति आकर्षण रहता है, शरीर छोड़ते समय ऊपर की तरफ उड़ने का भान होता है। वे लोग जो पूरी आयु के बाद मरते हैं, अथवा जिनका जीवन आदर्शवादी रहा हो, उनको भी ऐसा अनुभव होता है।

- जो लोग मोह के वशीभूत होते हैं, अथवा जिनके जीवन में अतृप्त वासनाएं घर किए रहती हैं, उनकी एस्ट्रलप बॉडी पूर्ण रूप से आकाशतत्त्व (ईथर) से मुक्त नहीं होती। ऐसा मनुष्य पारलौकिक जगत के मनोहर दृश्य और वहां के व्यक्तियों को साफ़ तौर से नहीं देख पाता। उसके लिए वहां का वातावराण धूमिल और भयावह होता है और वहां के व्यक्ति उसे भूत जैसे दिखाई देते हैं।
- भौतिक शरीर से बाहर होते ही, प्रत्येक मनुष्य की चेतना में एक प्रकार की विस्तार की भावना व्याप्त हो जाती है। मिसेज़ विलेट ने शरीर छोड़ने पर बताया कि उसे ऐसा मालूम होता है कि वह विशाल हो गई है। दूसरे व्यक्ति जे. विल्स ने बताया कि उनकी चेतना का आकार बहुत बड़ा हो गया था।
- लैन्सलाट ने, जिनकी मृत्यु केवल आठ साल की आयु में हुई थी, बताया कि उनकी दूसरी मृत्यु परलोक में केवल बीस महीने बाद हो गई। उन्होंने बताया, दूसरी मृत्यु के बाद वह पहले से अधिक देख पाते थे। उन्हें यह शरीर त्यागना बहुत सुखदायक लगा और वे तितली की तरह अधिक सुन्दर और हलके बन गए थे। मनुष्य जब एस्ट्रल बॉडी त्यागकर परलोक से स्वर्गलोक जाता है, उस समय उसकी दूसरी मृत्यु होती है।
- विल्फ्रेड ब्रांडन के संपर्क में आई हुई एक आत्मा ने बताया कि साधारणतः मृतक के मित्र और संबन्धी आकर नवागन्तुक को अपने संरक्षण में ले लेते हैं। बिनी ने अपने माता-पिता को बताया था कि वे जब इस सुन्दर दुनिया में आएंगे, तब सबसे पहले वही उनका स्वागत करेगी।
- फ़िंडले को बताया गया कि प्रत्येक मरणासन्न व्यक्ति को उसके पिछले सांसारिक जीवन की घटनाएं क्रमानुसार देखने को मिलती हैं। यह सब तब होता है, जब वह शरीर छोड़ता है। ('व्हेयर द टू वर्ल्ड्स मीट', लेखक : जे. आर्थर फ़िंडले, प्रकाशक : सायकिक प्रेस लि., लन्दन)।

- 'मैं कुछ क्षणों के लिए मूर्च्छित (चेतनालुप्त) हो गया था, जब मेरे भौतिक शरीर से प्राण पलायन कर रहे थे।' ('सायकिक न्यूज़' लेखक : पिनलिप पॉल)।
- स्कॉट ने श्रीमती जेम्स शेरवुड को बताया कि मृत्यु के समय उसके तमाम जीवन की फ़िल्म, उसके विचारों की घुड़-दौड़ की तरह भाग रही थी। ('सायकिक ब्रिज', प्रकाशक : रीडर एंड कं. लि., लन्दन)

स्वाभाविक मृत्यु के समय के अनुभव

- 'मेरा हृदय बैठा जा रहा था। दिन का प्रकाश जैसे समाप्त हो रहा हो। पहले एक अंधकार की दुनिया आई, जिसमें सिर घूमता-सा लगता था, फिर वायुमंडल में कुछ उजाला-सा दिखाई दिया। मुझे अपने उन बच्चों की आवाज़ें सुनाई दे रही थीं, जो मुझसे पहले चल बसे थे। एक अर्द्धमूर्च्छा की अवस्था के बाद मुझे अब साफ़ दिखाई दे रहा था। मेरे लड़के, मेरे भाई और अनेक जन जो मर चुके थे, मेरे चारों तरफ उपस्थित थे।' ('इन द डान बियोंड डेथ', लेखक : रेवरेंड सी ड्रेटन टॉमस, प्रकाशक : युनिवर्सल लि., लन्दन)।
- 'मैंने अपने चारों तरफ उनको देखा, जो मुझसे पहले मृत्यु को प्राप्त हो गए थे। पहले मैंने अपने आपको ऊपर की तरफ़ उठते देखा और फिर धीरे-धीरे नीचे आ गया। उस समय मेरे दो रूप थे। एक बिस्तरे पर पड़ा था और दूसरा मैं जो खड़ा था। मेरी तमाम शारीरिक वेदनाएं समाप्त हो गई थीं। जो मुझे लेने आए थे, उन्होंने मुझसे चलने को कहा। एक विचार आया, कहीं यह स्वप्न तो नहीं है, परन्तु जो मुझे लेने आए थे, उन्होंने बड़ी नम्रता से कहा कि मैं अब मर चुका हूं।' ('फ्रंटियर ऑफ द आफ्टर लाइफ़', लेखकः एडवर्ड सी रेंडेल, प्रकाशक : ऐलफ्रेड ए. नौफ़)

- 'मुझे ऐसा अनुभव हुआ, जैसे मैं आसपास की दुनिया से ऊपर उठ रहा हूं। उस समय मेरे चारों तरफ़ बहुत-से इष्ट-मित्र थे और मेरे स्वर्गवासी माता-पिता भी मौजूद थे। मुझे किसी विशेष परिवर्तन की अनुभूति नहीं हुई और तुरन्त मुझे निद्रा ने आ घेरा। मैं तीन-चार दिनों तक सोता रहा। मैंने तब अनुभव किया कि मैं पृथ्वी से किसी दूरस्थ स्थान पर हूं। चारों तरफ का वातावरण सुन्दर और प्रकाशमय था।' ('इन द डान बियोंड डेथ', लेखकः रेवरेंड सी ड्रेटन टॉमस)

मूर्च्छा के बाद सुरंग आदि से गुज़रने की अनुभूति

- 'मरणासन्न एक लड़का बड़े उद्वेग से बोला कि वह कमरे के कोने में एक दरवाज़ा देख रहा है। दरवाज़ा खुलते ही वह उस रास्ते से बाहर जाएगा। ('डेथबेड विज़ंस', लेखक : सर डब्लू. एम. बैरेट)
- 'मुझे याद है, एक सुरंग से गुज़रने पर एक दरवाज़ा दिखाई दिया था, जो एक गुफा के दरवाज़े की तरह था।' ('इन द डान बियोंड डेथ', लेखक : रेवरेंड सी ड्रेटन]

चेतना का विस्तार

- मनुष्य के जीवन काल में उसकी चेतना बहुत सीमित और संकुचित होती है, परन्तु मृत्यु के बाद उसमें तुरन्त एक विस्तार और फैलाव आ जाता है। ('द सर्वाइव', लेखक : ऑर्थर कानन डायल, प्रकाशक : राइडर एंड कं.)।
- जे. बी. विल्सन ने बताया कि मृत्यु के आगमन पर विचारों में तीव्रता आ जाती है और उनका प्रसार चारों तरफ होता है। ('दाई किंगडम कम', लेखक : आइवन कुक, प्रकाशक : राइट एंड ब्राउन)।
- चेतना में मरने के बाद, सबसे बड़ी विचित्रता यह होती है कि 'मैं हूं और वहीं पर हूं, जहां हूं, परन्तु मैं हर जगह भी हूं। ऐसा जैसा

कि मेरा असली तत्त्व जो सर्वव्यापी है, वह मुझ पर छाया हुआ है।' ('प्राइवेट डाउडिंग', लेखक : डब्ल्यू. टी. पोल वाटकिंस)।

सिल्वर कॉर्ड (रूपहली डोर)

- 'मृत्यु के आगमन पर एक प्रकार का बोझ-सा अनुभव होने लगा। धीरे-धीरे वह बोझ ऐसा लगता था कि मेरे पास से खिसकता जा रहा है या यूं कहिए कि मैं उससे अलग होता जा रहा था। कुछ ऐसी अनुभूति थी, जैसे कोई मेरा हाथ भीगे दस्ताने से निकाल रहा हो। अंधकार से कुछ प्रकाश में आ गया और कमरे में जो बैठे हुए थे, उन्हें देखने लगा। मैं तब बिल्कुल मुक्त था और अपने आपको बिस्तर पर पड़ा देख रहा था। मेरे मुंह से एक चांदी की डोर-सी निकल रही थी। वह कुछ देर के लिए चमकी, फिर टूट गई और लुप्त हो गई। उस समय किसी ने कहा, मेरे ख़्याल में यह अब चला गया है। उसके बाद कमरा और उसकी चीज़ें धुंधली पड़ती चली गईं और फिर ओझल हो गईं। मैं फिर एक बहुत सुंदर दुनिया में था।' ('गोन वेस्ट', लेखक : एस. एस. वार्ड, प्रकाशक : राइडर एंड कम्पनी, पृष्ठ 28)।
- 'मैं एक अर्द्धमूर्च्छा की अवस्था में चला गया था। नर्स धीरे-धीरे रोगियों के पास जा रही थी। कुछ और शक्लें दिखाई पड़ने लगीं। पास आने पर लगा कि मेरे स्वर्गवासी माता-पिता थे। मैं उस समय भी अपने भौतिक शरीर से जुड़ा हुआ था और एक रूपहली डोर मेरे स्थूल शरीर को बांधे हुए थी। वह डोर फिर टूट गई और मैंने अपने आपको परलोकवासी इष्ट-मित्रों से घिरा पाया।' ('सुपर एडवेंचर', लेखक : रॉबर्ट कूकल)।
- 'वह एक स्वप्नरहित अर्द्धचेतना की अवस्था थी। मैंने अपने पूरे होश में श्रीमती जे. को देखा। वह मुझसे बोली भी थी। मुझे उस समय काफी थकावट अनुभव हो रही थी। कुछ अर्द्धनिद्रा की अवस्था में मैंने देखा कि मुझसे जो एक चमकदार डोरी बंधी हुई थी, वह टूट गई थी। मेरे बिस्तर के चारों तरफ खड़े लोग रोने

लगे। मुझे उनके दुखी होने से एक प्रकार का बोझ-सा अनुभव हो रहा था। मैंने बड़ी उत्सुकता से चाहा कि मैं उनको समझाने का प्रयास करूं, परन्तु मूर्च्छा आ गई और जब होश में आया, तो मैंने अपने आपको एक अत्यन्त सुंदर और भव्य स्थान में पाया। ('किंग कौंसिल बीयर विटनेस', प्रकाशक : हचिन एंड कम्पनी, लन्दन)।

दुर्घटनाओं से हुई मृत्यु के सामूहिक अनुभव

- दुर्घटनाओं के कारण हुई मृत्यु से जो अनुभव लोगों ने बताए वे इस प्रकार हैं–

(क) उनको शारीरिक पीड़ा अनुभव नहीं हुई, क्योंकि दुर्घटना के तुरन्त बाद मुर्च्छा हो जाती है।

(ख) शरीर को त्यागने की अवस्था क्षणिक मूर्च्छा से संबद्ध थी।

(ग) कभी-कभी दुर्घटनाग्रस्त मृतक शरीर छोड़ने के बाद भी यह समझते रहे कि वे मरे नहीं हैं।

(घ) बहुत-से लोगों ने अपने दुर्घटनाग्रस्त भौतिक शरीर को देखा था।

(छ) बहुत-से ऐसे मृतक इसलिए अधिक दुखी थे, क्योंकि उनके शरीरधारी जीवित इष्ट-मित्र दुखी थे।

(ज) बहुत-से मृतक बहुत समय यही सोचते रहे कि कहीं वे स्वप्न तो नहीं देख रहे।

कुछ दुर्घटनाग्रस्त कारणों से मरे हुए लोगों के व्यक्तिगत अनुभव

- 'मैं एक मूर्च्छा के बाद जागा। उस समय मैं अपने भौतिक शरीर से अलग था। भौचक्का-सा मैं खड़ा था और जब नीचे की ओर देखा, तो मेरा शरीर लड़ाई में मारे गए और लोगों के शरीरों के साथ पड़ा था। मुझे लड़ाई की याद आ गई, परन्तु इस बात की याद नहीं थी कि कब मुझे गोली लगी थी। कुछ समय बाद और बहुत से जो लड़ाई में मारे गए थे, खड़े हो गए थे।

यद्यपि शरीर त्यागने की क्रिया बिल्कुल पीड़ारहित थी, परंतु एक स्वस्थ शरीर से जीवात्मा को तोड़ने का अनुभव बहुत भयंकर होता है।' ('फ्रंटियर्स ऑफ़ द ऑफ्टर लाइफ़', प्रकाशक ' एल्फ्रेड ए. नोक)।

- 'हम लोग उन लोगों के विचारों के प्रति बड़े भावुक होते हैं, जो हमारे संबन्धी पृथ्वी पर जीवित हैं। विशेषकर यह भावुकता उस समय बड़ी तीव्र होती है, जब मृत्यु हाल ही में हुई हो, तब हमारा मन भूलोक और भुवर्लोक के बीच झूलता रहता है।

  'यह एक नाटकीय-सी अवस्था होती है, जब प्राणमय कोष भी आधार बना रहता है। उस समय बहुत बड़ी आवश्यकता होती है कि कोई हमारे लिए रचनात्मक सहायक और प्रेम-भरे विचारों का सृजन करे।' ('परसनैलिटी सर्वाइव्ज़ डेथ' लेखक : केडी बारेट, प्रकाशक : लोंगमैंस ग्रीन एंड कम्पनी)।
- 'मुझे कोई बहुत सख्त चीज़ लगी थी और दूसरे क्षण मैं अपने शरीर से बाहर था। मृत्यु भी क्या एक छोटी और क्षणिक-सी घटना है। एक क्षण पहले मैं स्वस्थ भौतिक जीवन से संबद्ध, बिना किसी प्रकार की आशंका के युद्धस्थल में खाइयों का निरीक्षण कर रहा था और केवल पांच सेकंड बाद मैं ढेर था और स्थूल शरीर से बाहर था।' ('बॉम्बर', लेखिका : मिसेज एल. कैल्बे, प्रकाशक : सायकिक बुक क्लब)।
- 'मैं अचानक अपने शरीर के बाहर फेंक दिया गया था। मैंने कोई पीड़ा अनुभव नहीं की थी। मैं अपने भौतिक शरीर को भली-भांति देख रहा था। मैं अपने आपको तुरन्त अपने नश्वर शरीर से अलग नहीं कर पाया था। जब शव वाहक शरीर को ले जा रहे थे, मैं साथ-साथ खिंचा जा रहा था।' ('सायकिकल फिनोमिना एंड द वार', लेखक : डॉ. हायरवार्ड कैरिंगटन, प्रकाशकः मैसर्स टी. वार्नर लौरिक लि.)।
- मिसेज़ रायस डैविड के उड़ाकू पुत्र का हवाई जहाज़ तोप की मार से नष्ट हुआ था। उसके मृतक पुत्र ने अपनी मां को

विश्वास दिलाया कि मरते समय उसे तनिक भी पीड़ा नहीं हुई थी। ('व्हाट इज़ योर विल', लेखिका : मिसेज़ रायस डैविड, प्रकाशकः राइडर एंड कंपनी)।

- एस. बेडफ़ोर्ड के परलोकगत संवाददाता ने बताया कि जो लोग दुर्घटना से मारे जाते हैं, उन पर क्या बीतती है। उस सज्जन के कथनानुसार इस संबन्ध में दो बातें ध्यान में रखना चाहिए। पहली यह है कि ऐसी मृत्यु के समय घटना बड़ी तीव्र गति से होती है और जीवात्मा एक ऐसी दुनिया को पलायन करती है, जिसमें बहुत तेज़ कंपन होते हैं। दूसरी बात विशेष ध्यान देने वाली यह है कि हमारी जीवात्मा की अपनी चेतना भौतिक शरीर की चेतना से बहुत आगे होती है और उसे यह पहले ही मालूम हो जाता है कि अगले क्षण अमुक दुर्घटना से आकस्मिक मृत्यु होनी है। इसलिए जीवात्मा स्थूल शरीर को दुर्घटनाग्रस्त होने से पहले ही छोड़ देती है। यही कारण है कि दुर्घटनाग्रस्त मनुष्य मृत्यु-जनित किसी प्रकार की पीड़ा अनुभव नहीं करता।

आकस्मिक मृत्यु में हमारी चेतना इसलिए भंग नहीं होती, क्योंकि जीवात्मा शरीर छोड़ चुकी होती है।

उदाहरण के तौर पर एक सिपाही, जिसके मस्तिष्क में गोली लगती है, कुछ अनुभव नहीं करता, बल्कि वह पूरे होश में यह देख पाता है कि एक क्षण पहले वह क्या था।

यद्यपि ये आकस्मिक दुर्घटनाएं ऊपर से बड़ी निर्मम, भीषण और दर्दनाक दिखाई पड़ती हैं, परन्तु जो मर जाते हैं, उनके लिए मृत्यु बड़ी विस्मयपूर्ण घटना होती है। ('डेथ एन इंटेरेस्टिंग जर्नी', लेखक : एल्विन)।

पूर्व-जीवन का मृत्यु के समय चलचित्र-दर्शन

एक परलोकगत संवाददाता के विचार के अनुसार–

'भौतिक जीवन में प्रत्येक कर्म जो हम करते हैं, प्रत्येक विचार जो हम सोचते हैं, हमारे प्राणमय कोष के सूक्ष्मतम आकाशतत्त्व पर अंकित हो जाते हैं। वे सब चित्रमय होते हैं।

अपनी इच्छाओं से प्रेरित कोई बच्चा, जब अपनी मां की गोद में मचलता है और लातें मार-मारकर अपनी नाराज़गी दर्शाता है, तब वह अपने चारों तरफ़ के वातावरण में एक हलचल पैदा कर देता है, जिसके कारण प्राणशक्ति में प्रवेश भी होता है और ह्रास भी। आकाशतत्त्व से एक चुम्बक की भांति उस प्रवाह पर प्रतिक्रिया होती है और बच्चे के प्राणमय कोष में स्थित आकाशतत्त्व में वे विचार और घटनाएं स्वयं मूर्तिमान हो जाती हैं। जैसे-जैसे वह बच्चा बढ़ता है, वैसे-वैसे उन मूर्तियों में गहरे आकार और रंग भरने शुरू हो जाते हैं।

इस प्रकार प्रत्येक मनुष्य जैसे-जैसे अपनी जीवन-यात्रा समाप्त करता है, वैसे-वैसे वह अपने जीवन का सारा रोज़नामचा अपने साथ लिए फिरता है, जिसका पूरा दिग्दर्शन वह मृत्यु के समय अवश्य करता है।

इस संबन्ध में यह कहना अनुचित नहीं होगा कि गत वर्षों में, सर ओलीवर लाज, सर विलियम बारेट, एफ. डब्ल्यू. एच. मायर्स, रिचर्ड हौडसन, मिसेज़ सिडविक, सर ऑर्थर कानन डॉयल और बहुत से अन्य दार्शनिक और विज्ञानवेत्ताओं ने पारलौकिक जीवन संबन्धी अन्वेषण किए थे। उन्होंने भी ऊपर लिखे बहुत से तथ्यों की अपने लेखों में पुष्टि की है और यह दावा भी किया है कि मृत्यु के बाद पारलौकिक जीवन अब एक निर्विवाद वास्तविकता है।

4

परलोक सम्बन्धी कुछ निर्मूल धारणाएं

मृत्युपरान्त जीवन पर भिन्न धर्मों में जो उल्लेख मिलते हैं, वे कुछ ऐसा रूप प्रस्तुत करते हैं, जो न केवल सच्चाई से कोसों दूर होता है, परन्तु जिनको आधुनिक युग का मनुष्य केवल आंख मीचकर विश्वास करने के लिए तैयार नहीं है। उदाहरण के तौर पर नरक की जिन यातनाओं का वर्णन है, जैसे यमदूतों द्वारा आग में जलाया जाना, नाना प्रकार के शारीरिक कष्ट देना, ये सब बातें ऐसी हैं, जो बिना स्थूल शरीर के संभव नहीं हैं।

मरने के बाद अपने-अपने धार्मिक विश्वास के अनुसार या तो मृतक के शरीर को जला देते हैं या कब्र में गाड़ देते हैं। जलने पर शरीर राख हो जाता है और क़ब्र में गाड़ देने पर वह मिट्टी में मिल जाता है।

ईसाइयों और मुसलमानों के विश्वास के अनुसार, .खुदा जजमेंट के दिन सब मुर्दों को क़ब्र के बाहर खड़ा कर देगा और उन्हें अपने अच्छे और बुरे कर्मों का फल या सज़ा सुनाएगा।

वास्तव में प्रत्येक धर्म के अनुयायियों ने अपने इस भौतिक जीवन में घटित बातों के आधार पर, जिनसे साधारणतः मनुष्यों को इस दुनिया में सुख और दुख मिलता रहा है, नरक (दोज़ख़) और स्वर्ग (बहिश्त) का भी नक्शा खींच दिया है। पहले जितने भी धार्मिक नेता हुए हैं, उन्होंने अपने जीवन-काल में कभी भी ऐसी बातें जनसाधारण के लिए नहीं बताई थीं, क्योंकि परलोक संबन्धी विषय पर जानकारी प्राप्त करने के लिए परा-ज्ञान की आवश्यकता होती है। हम भौतिक जीवन के आधार पर पारलौकिक जीवन की तुलना करने में एक बड़ी भूल करते हैं।

यह दुनिया जिसमें हम रहते हैं, वह तीन आयामों की दुनिया है, अर्थात प्रत्येक वस्तु, जो इस दुनिया में है, उसके तीन आयाम होते हैं, लम्बाई, चौड़ाई और ऊंचाई या गहराई, परन्तु परलोक, जिसके विषय में मैं बताना चाहता हूं, वह चार आयामों की दुनिया है। चौथा आयाम क्या होता है, उसे भाषा और वाणी के माध्यम से बताना कठिन है, क्योंकि उसके अन्तर्गत परिस्थिति को औसत दर्जे का मनुष्य न सोच सकता है और न उसका कोई अन्दाज़ा लगा सकता है। इसलिए धार्मिक नेताओं ने इस विषय पर कोई विशेष प्रकाश नहीं डाला। अतएव स्वर्ग और नरक की रूपरेखा, जो हमको भिन्न-भिन्न धर्मों से मिलती है, वह केवल प्रत्येक धर्म के अनुयायियों ने अपनी-अपनी कल्पना के आधार पर गढ़कर बताई है, जिसमें सच्चाई नहीं है।

अब प्रश्न यह उठता है कि जिन महापुरुषों ने भिन्न-भिन्न धर्मों की स्थापना की थी, उन्होंने परलोक सम्बन्धी विषय पर उदासीनता क्यों दिखाई? पहली बात तो यह है कि जितने भी धार्मिक नेता हुए हैं, वे उस युग में उत्पन्न हुए थे, जब मनुष्य भौतिक जीवन से परे मानसिक तत्त्व पर विचार करने की साधारणतः क्षमता नहीं रखता था। इस तथ्य को वे लोग भली-भांति समझते हैं, जिन्होंने विकास-क्रम के नियम का अध्ययन किया है। गुप्त-ज्ञान (ओकल्ट नॉलेज) के आधार पर यह बात निश्चित रूप से बताई गई है कि आधुनिक युग में विश्लेषण बुद्धि का विकास गत सौ साल से ही हुआ है। इस तथ्य की पुष्टि इस बात से भी होती है कि विज्ञान द्वारा जितने आविष्कार पिछले सौ साल में हुए, उतने गत हज़ारों सालों में भी नहीं हो पाए। यही कारण था कि प्राचीन काल के धार्मिक नेताओं ने जिन धर्मों की स्थापना की थी, उनके अन्तर्गत परलोक व पारलौकिक जीवन पर विशेष प्रकाश नहीं डाला, क्योंकि सूक्ष्म जगत के तथ्य जनसाधारण की समझ में नहीं आ सकते थे और यदि वे बताए गए होते, तो वे सिवाय उनको एक भूलभुलैया वाली परिस्थित में ढकेलने के उनका कोई उपकार नहीं कर पाते। अतएव जो कुछ थोड़ा-बहुत इस सम्बन्ध में कहा गया, वह एक ऐसी रूपक वाली भाषा थी, जो एक भावात्मक दृष्टिकोण प्रस्तुत करती रही और उसका सहारा लेकर धर्म के उपनेताओं ने अपने विचारों

के अनुसार तोड़-मरोड़कर नरक का एक अत्यन्त भयानक चित्र खींच दिया और स्वर्ग में अप्सराओं का जमघट एवं शराब और शहद की नदियां बहा दीं, जो एक कल्पना मात्र है।

उदाहरणार्थ, जब महात्मा बुद्ध के प्रिय शिष्य आनन्द ने उनसे यह प्रश्न किया कि महाराज, यह बतलाइए कि संसार में ईश्वर है या नहीं? तब उन्होंने उत्तर में यही कहा था कि तुम इन प्रश्नों की उलझन में मत पड़ो। ईश्वर और परलोक को अपनी जगह पर छोड़ दो। संसार के सामने मुख्य समस्या है सर्वव्यापी दुख की, जिससे मुक्ति पाने के लिए तृष्णा का त्याग ही एकमात्र औषधि है। उन्होंने अपने इस दृष्टिकोण के समर्थन में बतलाया कि यदि तुम्हारे शरीर पर किसी अज्ञात दिशा से एक तीर आकर लगे, तो पहला क़दम तुम्हारा यह होना चाहिए कि तीर को शरीर से निकालकर क्षत स्थान पर मरहमपट्टी करो, न कि उस दिशा की तरफ़ दौड़ो और पता लगाओ तीर किसने छोड़ा है और क्यों छोड़ा।

कुछ ऐसा ही दृष्टिकोण लगभग अन्य धार्मिक नेताओं ने भी प्राचीन समय में अपनाया था और वह उस युग की स्थिति के अनुसार ठीक भी था। पहली कक्षा के विद्यार्थी को, जिसको गितनी भी ठीक प्रकार से नहीं आती, बीजगणित के प्रश्नों को समझाना केवल मूर्खता ही हो सकती है।

दूसरे, जिस युग में प्राचीन धर्मों की स्थापना हुई थी, उस समय न तो काग़ज़ था, न लेख लिखने की कोई विकसित शैली ही थी। धर्मों की स्थापना के सैकड़ों वर्ष बाद अमुक धर्म के अनुयायी, अपने धर्म के सिद्धान्तों को भोज-पत्र जैसी किसी वृक्ष की छाल पर या किसी पशु की खाल के पृष्ठ पर लिपिबद्ध किया करते थे। इधर-उधर से प्राप्त ऐसी पांडुलिपियों के आधार पर तथा कुछ बातें अपनी ओर से जोड़कर विभिन्न धर्मों के अनुयायियों ने केवल 200 और 250 वर्ष के भीतर धार्मिक ग्रंथों का निर्माण किया है। यही कारण है कि प्रत्येक धर्म में दो या अधिक सम्प्रदाय बन गए, जिनकी उत्पत्ति इसलिए सम्भव हुई, क्योंकि धर्म के उपनेताओं ने उन मूल सिद्धान्तों को अपनी समझ के अनुसार ठीक या गलत अर्थ निकालकर अथवा किसी सिद्धान्त को बिल्कुल दूसरा रूप देकर संसार के सामने प्रस्तुत किया है।

5

परलोक चार आयामों की दुनिया है?

पिछले अध्याय में हमने भूलोक को तीन आयामों की दुनिया और परलोक को चार आयामों की दुनिया बताया था। तीन या चार आयामों से क्या आशय है, उसको इस प्रकार से समझने का प्रयास कीजिए।

भूगोल को तीन आयामों की दुनिया इसलिए कहा है, क्योंकि इस स्थूल जगत में प्रत्येक वस्तु, जिसे हम छू सकते हैं, उसके तीन आकार होते हैं, जैसे लंबाई, चौड़ाई और ऊंचाई या गहराई, परन्तु परलोक जिसे चार आयाम की दुनिया कहते हैं, उसमें यह चौथा आयाम क्या हो सकता है, इसे समझना अथवा समझाना वाणी और भाषा की क्षमता से बाहर है। कुछ वैज्ञानिक समय को चौथा आयाम बताते हैं।

समय प्रत्येक वस्तु से कदाचित इस अर्थ में जुड़ा हुआ है, क्योंकि समय के व्यतीत होने पर प्रत्येक वस्तु के आकार में कुछ परिवर्तन आ जाता है, परन्तु यह भी सत्य है कि परलोक में समय और स्थान के बंधन समाप्त हो जाते हैं। अतएव ऐसी चार आयामों वाली दुनिया का वास्तविक रूप क्या हो सकता है, कहना कठिन है।

समय के बंधन समाप्त होने से यह आशय है कि वहां भूत, भविष्य और वर्तमान तीनों काल एक ही समय में उपस्थित होते हैं, अर्थात प्रत्येक वस्तु जैसी थी, जैसी होगी और जैसी है, एक ही समय में देखी जा सकती है। अंग्रेज़ी में एक कहावत है, 'कमिंग इवेंट्स कास्ट देयर शैडोज़ बिफोर', अर्थात होने वाली घटनाएं अपनी परछाई पहले फेंक देती हैं। अतएव परलोक की यह वास्तविकता है कि होने वाली घटनाओं का

पूर्वाभास पहले ही व्यक्त हो जाता है। यही कारण है कि मरणासन्न व्यक्ति के परलोकगत सगे संबन्धी बहुधा उसके मरने से पहले ही, उसके पास उपस्थित हो जाते हैं।

स्थान का संबन्ध इस अर्थ में समाप्त हो जाता है कि यदि आप कलकत्ता में बैठे हुए हैं और बम्बई के विषय में ध्यान आया है, तो आप तुरन्त वहां पहुंच जाएंगे। दूसरे शब्दों में स्थान का विचार आते ही फासला समाप्त हो जाता है। परलोकवासी व्यक्ति संदूक में बंद वस्तु बिना किसी रुकावट के देख सकता है। आलमारी में रखी पुस्तक बिना बाहर निकाले पढ़ी जा सकती है। यह सब कैसे हो जाता है, उसे निम्न उदाहरण से समझने का प्रयास कीजिए।

मान लीजिए आपके सामने एक ऐसा जीव है, जो दो आयामों की दुनिया में रहता है, अर्थात जहां प्रत्येक वस्तु के दो पहलू हैं, लंबाई है और चौड़ाई है, परन्तु ऊंचाई या गहराई नहीं है। ऐसे जीव के चारों तरफ यदि आप एक रेखा खींच देंगे, तो वह उसके लिए एक क़िला बन जाएगी। अब वह उसके बाहर नहीं जा सकता और न उसके लिए कोई प्राणी उसमें घुस सकता है, परन्तु यदि आप (जो तीन आयामों वाले जगत के प्राणी हैं) उस घेरे में किसी अन्य दो आयामों वाले जीव को उठाकर रख दें, तब उस पहले जीव के लिए एक ऐसी समस्या पैदा कर देंगे, जो उसकी समझ से बाहर होगी, क्योंकि उसकी दुनिया में ऊपर से कोई वस्तु आ ही नहीं सकती। ठीक इसी प्रकार हम यह नहीं समझ पाते कि संदूक में रखी हुई वस्तु को हम कैसे देख सकते हैं।

होने वाली घटना का पूर्वाभास हमें कैसे हो सकता है, उसे इस प्रकार से समझने का प्रयास कीजिए। मान लीजिए आप किसी चार मंज़िलों वाली इमारत की छत पर खड़े हैं। नीचे सड़क पर इमारत के सामने कुछ बच्चे खेल रहे हैं। ऊपर छत पर से आप उस सड़क को दूर तक देख सकते हैं, जो चक्कर काटती हुई दूर तक चली गई है। ऊपर छत से आप देख रहे हैं कि एक आध किलोमीटर की दूरी पर एक तांगा, जिसका कोई कोचवान नहीं है, सरपट भागता हुआ आपकी इमारत की तरफ आ रहा है। आपको तुरन्त यह आभास मिल जाता है कि जो बच्चे नीचे सड़क पर खेल रहे

हैं, यदि खेल बंद करके सुरक्षित घर में नहीं आए, तो वे दुर्घटनाग्रस्त हो जाएंगे। यद्यपि नीचे सड़क के साथ वाली दुकान में बच्चों के माता-पिता जो बैठे हुए हैं, वे उस होने वाली दुर्घटना के संबन्ध में कुछ नहीं जान सकते हैं, क्योंकि नीचे की मंज़िल में होने के कारण दूरस्थ आता हुआ तांगा नहीं दिखता।

ठीक ऐसा ही समझिए कि परलोक भूलोक के मुक़ाबले में एक ऊंचा और सूक्ष्मतर लोक है और वहां के रहने वाले भूलोक संबन्धी घटनाओं को उनके होने से पहले भांप लेते हैं।

मनुष्य की जो पांच ज्ञानेन्द्रियां हैं, जिनके द्वारा वह इस भौतिक जगत में देखता, सुनता, सूंघता, चखता और स्पर्श करता है, वे बहुत सीमित हैं और वे सूक्ष्म जगत (परलोक) का किसी प्रकार से कोई भी आभास देने में असमर्थ हैं।

मनुष्य से अधिक तो ये शक्तियां बहुत-से जीव-जन्तुओं में पाई जाती हैं, जैसा कि पहले अध्याय में बताया गया है, परन्तु यदि कोई मनुष्य योग, साधना, मनन, ध्यान और समाधि की अवस्थाओं में निपुण हो जाता है, तो उसमें सूक्ष्म-दृष्टि अथवा दिव्य-दृष्टि की संभावना हो सकती है, जिसके प्राप्त होने पर चार आयामों की दुनिया अथवा परलोक दृष्टिगोचर होना आरम्भ हो जाता है और उसमें घटनाओं के पूर्वाभास की क्षमता भी व्यक्त होने लगती है।

6

मरणोपरान्त जीवन-सम्बन्धी ज्ञान

इस सांसारिक जीवन में एक घटना जो लगभग सबके साथ जुड़ी हुई है, वह यह है कि प्रत्येक मनुष्य को कभी-न-कभी अपने किसी सगे-संबन्धी की मृत्यु से दुखी अवश्य होना पड़ता है। उसका दुखी होना स्वााभाविक भी है, क्योंकि जो मर जाता है, उससे संबन्ध सदा के लिए टूट जाता है। वियोग का दुख उस समय और भी कठोर हो जाता है, जब वह प्यारा संबन्धी, जिसको मौत ने अपने कठोर हाथों से छीना है, उसके लिए सब कुछ रहा हो। इस दुखमय संसार में ऐसी घटनाएं आए दिन होती रहती हैं। प्रकृति का नियम कठोर भी है और अंधा भी। वह दया, करुणा और व्यक्तिगत मजबूरी को बिल्कुल नहीं देखता। केवल समय और सब्र दो ऐसी चीज़ें हैं, जो शोक-संतप्त व्यक्तियों के घावों को भर सकती हैं।

अन्वेषण से यह बात सिद्ध हो चुकी है कि जब हम अपने किसी मृतक सम्बन्धी के लिए दुखी होते हैं, तब हमारे ऐसा करने से दिवंगत संबन्धी को भी अपार दुख होता है और हमारे ऐसे विचारों की कुछ ऐसी प्रतिक्रिया होती है, जिससे उस मृतक संबन्धी का विकास भी रुक जाता है। ऐसी परिस्थिति में यदि हम अपने परलोकगत सम्बन्धी के लिए प्रार्थना करते हैं, तो वह उसके लिए बड़ी लाभकारी होती है। परलोक का कुछ ऐसा ही नियम है।

इसके अतिरिक्त एक और अभिलाषा प्रत्येक शुभचिन्तक जीवित संबन्धी में सजीव रहती है कि उसका वह प्यारा संबन्धी, जो उसे छोड़कर

चला गया है, किस हालत में होगा। यदि हम विविध धार्मिक ग्रंथों के लेखों पर विश्वास कर लेते हैं, तो हम अपने परलोकगत सम्बन्धी के लिए कभी-कभी व्याकुल हुए बिना नहीं रह सकते, क्योंकि यमदूतों द्वारा कथित यातनाएं मन को आक्लांत करने के लिए पर्याप्त हैं, परन्तु यदि हम परलोक के संबन्ध में वास्तविक ज्ञान से पूरी तरह निश्चिंत हो जाते हैं, तब इस प्रकार की परेशानियों से जो बिल्कुल निराधार हैं, मुक्ति मिल सकती है।

तीसरी बात जो सबसे अधिक महत्त्व की है, वह स्वयं अपनी तैयारी का विषय है। जब हम यह जानते हैं कि परलोक में सुखद जीवन के क्या नियम हैं और वे कौन सी बातें हैं, जिनको आचरण में उतारने से भावी जीवन सुखद और विकसित हो सकता है, तब कोई कारण नहीं है कि वह ज्ञान आपको उन बहुत-सी परेशानियों से न बचा सके, जो औसत दर्जे के मनुष्य को अज्ञानतावश भुगतनी पड़ जाती हैं।

चौथी बात जो सबसे अधिक संतोषजनक है, वह वो विश्वास है, जो भिन्न-भिन्न अन्वेषणों के बाद सिद्ध हो चुका है कि जितने भी हमारे पूर्वगत प्रिय संबन्धी और इष्ट-मित्र परलोक में हैं, उन सबसे मरने के बाद फिर से संपर्क स्थापित होने की संभावना है।

पांचवी बात जो सबसे अधिक विचारणीय है, वह प्राचीन काल की वह प्रथा थी, जिसके अन्तर्गत एक व्यक्ति गृहस्थ, वानप्रस्थ या संन्यासी का जीवन क्रमानुसार बिताता था। यह प्रथा इस बात का प्रमाण है कि वे लोग अपने पारलौकिक जीवन को सुधारने के प्रति सजग थे। परलोक अथवा भुवर्लोक वह स्थान है, जहां सारा जीवन व्यक्तिगत वासना पर निर्भर करता है। जितनी अधिक वासना मनुष्य लेकर जाता है, उतना ही विषादपूर्ण जीवन उसे परलोक के नीचे के उपखंडों में काटना पड़ता है। तीव्र वासना के अन्तर्गत क्रोध, मोह, कामा-शक्ति, लोभ, घृणा और वैमनस्य के भाव आते हैं, जो पारलौकिक जीवन को कलुषित और विषादपूर्ण बनाते हैं।

नोट : यह विषादपूर्ण जीवन ऐसा नहीं होता कि वहां कोई यमदूत आकर उसे सताता है, बल्कि वहां का वातावरण धूमिल और भयावह होता है, जो वहां पर स्थित प्राणी को सदा आक्लान्त रखता है।

7

बुद्धिजीवियों की दृष्टि में परलोक

आज विज्ञान के युग में भी जनसाधारण की यह सबसे बड़ी कमज़ोरी है कि स्वतन्त्र रूप से किसी भी विषय पर सोच-विचार नहीं कर पाता।

औसत दर्जे का प्रत्येक मनुष्य, चाहे उसके विचार राजनैतिक हों, धार्मिक हों अथवा सामाजिक हों, देश और काल की छाप से स्वयं को अछूता नहीं रख सकता। रूढ़िवाद की गहरी खाई से कोई बिरला ही अपने आपको निकालकर स्वतन्त्र दृष्टि से किसी विषय पर विचार-विमर्श करना जानता है।

समाज में जो लोग कट्टरपंथी और अंधविश्वासी नहीं हैं और ज़रा मस्तिष्क से काम लेना जानते हैं, उनकी अपनी कुछ अनूठी धारणाएं हैं। उनमें से एक वर्ग तो ऐसा है, जो परलोक के सम्बन्ध में या तो उदासीन रहता है या किसी अज्ञात भय के कारण मृत्यु संबन्धी विषय पर सोचना भी जीवन का एक बहुत बड़ा अभिशाप समझता है। ऐसे वर्ग के लोग अपनी इस कमज़ोरी को छिपाने के लिए एक तर्क यह देते हैं कि मनुष्य मृत्यु और परलोक संबन्धी बातों पर ध्यान देने से अपने में एक ऐसी गिरावट पैदा कर लेता है, जो उसे रचनात्मक कार्यों से अलग कर देती है। मौत आएगी तब मर जाएंगे, उस पर सोचना भी क्या।

दूसरा वर्ग उन तथाकथित शिक्षित व्यक्तियों का है, जो सही अर्थों में जड़वाद के पुजारी हैं। ऐसा मनुष्य केवल भौतिक जीवन को ही सच्चाई समझता है। शरीर और आत्मा उसके लिए दोनों एक ही चीज़ हैं।

वास्तव में झूठ-सच बोलकर पैसा कमाना ही एक असलियत है। परलोक का उसके जीवन में कोई स्थान नहीं है। ये लोग केवल खाने-पीने और मौज उड़ाने को जीवन कहते हैं और दावा करते हैं कि मरने के बाद इंसान का रह भी क्या जाता है। सब कुछ यहीं है, बाद में कुछ भी नहीं है। धर्म के नाम पर इस संबन्ध में जो कुछ बताया गया है, वह केवल भ्रान्ति है। उनके लिए परलोक हो या न हो, कोई फर्क नहीं पड़ता।

अतएव वास्तविकता से भागना न कोई बहादुरी है, न उसे हम कोई दार्शनिक अथवा वैज्ञानिक दृष्टिकोण कह सकते हैं। यह कठोर सत्य है कि प्रत्येक मनुष्य जो इस संसार में पैदा हुआ है, उसे एक दिन मरना होगा। यह भी सत्य है कि प्रत्येक मनुष्य को अपने जीवन-काल में अपने किसी प्रिय संबन्धी की मृत्यु से दुखी भी होना पड़ता है। जो लोग परलोक संबन्धी विषय पर सोचना एक कमज़ोरी समझते हैं, वे भी मृत्यु वियोग से दुखी होते देखे गए हैं। अंतर केवल इतना ही है कि उनके इस प्रकार के दावे केवल दूसरों के लिए होते हैं। रामायण में ठीक कहा है, 'पर उपदेश कुशल बहुतेरे।'

8

पारलौकिक ज्ञान की आधारशिला

इससे पहले कि इस संबन्ध में कुछ और कहा जाए, यह बताना आवश्यक होगा कि परलोक संबन्धी जिस वास्तविक ज्ञान की रूपरेखा अब सामने रखेंगे, उसकी आधारशिला गत 150 सालों में पाश्चात्य देशों में किए गए सैकड़ों शोध हैं। यह शोध स्वतन्त्र रूप से मृतात्माओं द्वारा दिया गया ज्ञान है। यद्यपि मृतात्माओं का आह्वान प्लांचिट या आहुजा बोर्ड द्वारा भी किया जा सकता है, परन्तु ऐसे संपर्क संतोषजनक नहीं होते। अधिकतर संतोषजनक सम्पर्क, जो स्थापित किए गए हैं, वे सब स्वलेखन क्रिया द्वारा हुए थे।

स्वलेखन क्रिया के लिए मृतात्मा स्वयं किसी अपने ऐसे इष्ट-मित्र से संपर्क स्थापित करती है, जिससे उसका जीवन-काल में गहरा संबन्ध रहा हो। ऐसा संबन्ध अधिकतर किसी मित्र से ही होता है। नज़दीकी रिश्ता पति-पत्नी, मां-बेटे अथवा भाई-बहन का भी संभव हो सकता है।

स्वलेखन क्रिया में मृतात्मा पहले तो अपने किसी इष्ट-मित्र को अपनी तीव्र प्रेरणा द्वारा यह सूचना देती है कि वह उसके संपर्क में आना चाहती है। यह तीव्र प्रेरणा मृतात्मा द्वारा बहुधा स्वप्न में आकर या स्वयं कुछ समय के लिए साकार होकर, अर्थात अपने आपको दिखाकर या आवाज़ देकर संपन्न की जाती है, जिसे केवल संपर्क में आने वाला व्यक्ति ही देखता भी है और सुनता भी है। मृतात्मा अपने आपको पूर्ण रूप से अथवा किसी विशेष अंग को साकार करने के लिए उपस्थित लोगों के शरीर से एक आकाशतत्त्व लेती है, जिसे 'ऐक्टोप्लाज़्म' कहते हैं।

कभी-कभी ऐसा भी देखा गया है कि मृतक अपने अमुक संबन्धी का ध्यान आकर्षित करने के लिए घर में रखी हुई वस्तु को उठाकर फेंकता है या तोड़ता है। अमुक इष्ट-मित्र जब सचेत हो जाता है, तब मृतात्मा सूचना देती है कि वह उसके संपर्क में आकर उसे कुछ बताना चाहती है। मृतात्मा से प्रेरित जब उसका जीवित संबन्धी ऐसी अवस्था में काग़ज़ पर लिखने का काम करता है, तब वह अपनी लेखनी पर एक दबाव अनुभव करता है। दबाव को अनुभव करते ही लेखनी को केवल सहारे मात्र के लिए अंगूठे और तर्जनी उंगली के बीच में रख लेना चाहिए, ताकि परलोकगत आत्मा जो कुछ कहना चाहे, वह स्वतन्त्र रूप से काग़ज़ पर लिखा जा सके। इस क्रिया को ही स्वलेखन क्रिया कहते हैं।

आधुनिक युग में ऐसी जीवात्माएं, जिन्होंने अपने किसी इष्ट-मित्र से संपर्क स्थापित किया है, हज़ारों और लाखों में एक होती हैं, क्योंकि ऐसे संपर्क स्थापित करने के लिए परलोकगत आत्मा में असाधारण विचारशक्ति का होना आवश्यक है और दृढ़ संकल्प का होना भी ज़रूरी है, क्योंकि बहुधा परलोक में जाने के बाद मृतक के परलोक में स्थित स्वजन और हितैषी अपने जीवित संबन्धियों को भूल जाने की सलाह देते हैं। ऐसा करने से ही मृतक प्राणी का पारलौकिक विकास संभव होता है। पृथ्वीबद्ध (अर्थ बाउंड) होने से उसके विकास में रुकावट पड़ती है।

अतएव ऐसा संपर्क, जिसमें मृतात्मा स्वयं अपने प्रयास से इस लोक में जीवित किसी अपने सम्बन्धी से मिलती है, वह समागम सत्य होता है।

उपर्युक्त स्वलेखन क्रिया द्वारा रेमंड ने विश्वविख्यात विज्ञानवेत्ता अपने पिता सर ऑलीवर लाज से संपर्क स्थापित किया था, जिसके आधार पर 'रेमंड' नामक एक पुस्तक प्रकाशित की गई। इसी प्रकार लॉरेन्स ऑफ अरेबिया ने मृत्यु के बाद 'जेन शेरवुड' नामक एक अपनी महिला मित्र से संपर्क स्थापित किया था, जिसके आधार पर 'पोस्टमार्टम जरनल' नामक पुस्तक का प्रकाशन हुआ। मिस्टर गोर्डन नामक एक संभ्रान्त व्यक्ति ने मृत्यु के बाद अपनी मित्र ग्रेस रोशर से संपर्क स्थापित किया, जिसके फलस्वरूप 'बियोंड द होराइज़न' नाम की पुस्तक लिखी गई। जूलिया नाम की रमणी ने इसी प्रकार डब्ल्यू. टी. स्टेड नाम के अपने मित्र से मरने के बाद संपर्क

स्थापित किया और उसके फलस्वरूप 'आफ्टर डेथ' नाम की पुस्तक के दस या बारह संस्करण भी प्रकाशित हुए थे। मौन्सिगनर रॉबर्ट हफ़बैन्सन, जो कि अपने जीवनकाल में बिशप ऑफ कैंटरबरी के सुपुत्र थे, मृत्यु के बाद अपने मित्र एन्थोनी बौर्गिया के संपर्क में आए और उनका बताया हुआ परलोक संबन्धी वर्णन 'लाइफ़ इन द वर्ल्ड अनसीन' और 'मोर एबाउट लाइफ़ इन द वर्ल्ड अनसीन' नामक पुस्तकों में प्रकाशित हुआ।

यद्यपि ये सब पुस्तकें स्वतन्त्र रूप से भिन्न-भिन्न समय पर अलग-अलग लेखकों एवं प्रकाशकों द्वारा प्रकाशित की गई, तथापि इन सब में दी गई पारलौकिक जीवन की रूप-रेखा, मृत्यु के बाद के अनुभव, वहां के नियम एक ही प्रकार की गाथा प्रस्तुत करते हैं और एक ऐसा रूप दर्शाते हैं, जो न केवल उनके गत जीवनकाल की धारणाओं के विपरीत था, बल्कि दूसरी तरफ उन सबके मरणोपरान्त जीवन के अनुभव एक-दूसरे का समर्थन भी करते हैं। अतएव उपर्युक्त परिस्थिति तर्क की दृष्टि से सच्चाई की द्योतक है। इन सारी पुस्तकों के सारांश हम इस पुस्तक के दूसरे तथा तीसरे अध्याय में प्रस्तुत कर चुके हैं।

परलोक-संबन्धी ज्ञान की प्राप्ति के लिए दूसरा तरीका, मीडियम द्वारा प्राप्त ज्ञान होता है। मीडियम उस व्यक्ति को कहते हैं, जो स्वयं या दूसरे किसी के द्वारा सम्मोहित (हिप्नोटाइज़) किए जाने पर समाधि-अवस्था (ट्रांस स्टेट) में चला जाता है। उस अवस्था में आह्वान की गई मृतात्मा अपने आपको व्यक्त करने के लिए मीडियम के शरीर को प्रयोग करती है।

मीडियम हर कोई नहीं बन सकता। मीडियम द्वारा संपर्क स्थापित करने के लिए किसी ऐसे व्यक्ति को ढूंढना पड़ता है, जो इस प्रकार से मीडियम बनने का कार्य करता हो। समाधि-अवस्था में मीडियम की आत्मा अपने भौतिक शरीर से कुछ समय के लिए संबंध तोड़ देती है। और दूसरी कोई शरीरहीन मृतात्मा उसके शरीर को हम शरीरधारियों से संपर्क करने के लिए, अर्थात उसके द्वारा व्यक्त करने के लिए प्रयोग करती है। कुछ इस प्रकार का संपर्क माननीय जेम्स ए. पाइक ने एक ब्रिटिश महिला द्वारा, जिसका नाम मिसेज़ ऐना ट्विग था और जो अपने समय की एक प्रमुख मीडियम थी, अपने पुत्र जिम से संपर्क स्थापित करने के लिए किया

था। पाइक के पुत्र जिम ने दुर्भाग्यवश आत्महत्या कर ली थी। आत्मघात करने के बाद जिम अपने पिता से सम्पर्क स्थापित करने के लिए बहुत आतुर हो रहा था, परन्तु सीधा संपर्क उसके लिए सम्भव न हो सका, क्योंकि उसके पिता मरणोपरान्त जीवन में बिल्कुल विश्वास नहीं करते थे। उसने अपने पिता के ध्यान को आकर्षित करने के लिए घर की चीज़ों को तोड़ना-फोड़ना शुरू कर दिया। वह एक जगह से चीज़ों को उठाकर दूसरी जगह रखता था। जब यह उठाया-धरी सहने की पराकष्ठा से परे पहुंच गई, तब पाइक को इस संबन्ध में कदम उठाना पड़ा।

पाइक अपने समय के एक विशिष्ट वकील थे और बाद में किसी गिरजाघर के पादरी बन गए थे। उन्होंने अपनी पुस्तक 'द अदर साइड' में इन बातों का विस्तृत वर्णन किया है। पुस्तक एक वैज्ञानिक ढंग से लिखी है और निरपेक्ष दृष्टि अपनाने के कारण सर्वमान्य है।

कभी-कभी ऐसा भी हुआ है कि अमुक व्यक्ति में एस्ट्रल साइट विकसित हो गई है। एस्ट्रल साइट एक प्रकार की दिव्य-दृष्टि होती है, जिसके कारण जीवित शरीरधारी अपने परलोकगत संबन्धी को भौतिक शरीर-विहीन होने पर भी देख सकता है और उससे बातचीत कर सकता है। इस प्रकार का एक केस मैडम हैस्लौप द्वारा सूचित किया गया। मैडम हैस्लौप को इसी प्रकार की दृष्टि प्राप्त थी। उन्होंने अपनी पुस्तक 'लाइफ़ वर्थ लिविंग' में अपने मृतक पति जॉन से इसी प्रकार का संपर्क बने रहने का विवरण दिया है। उन्हें अपने पति का वियोग कभी भी अनुभव नहीं हुआ। मेरे मित्र आर. पी. अग्रवाल ने मुझसे ऐसी ही एक अन्य हिन्दू महिला का ज़िक्र किया था, जो अपने पति की मृत्यु के बाद भी मांग में सिन्दूर भरती थी और कहती थी कि मेरे पति तो सदैव मेरे पास रहते हैं और मैं विधवा नहीं हूं।

उपर्युक्त पुस्तकों का विस्तृत रूप से वर्णन आगे दिया गया है। इनके द्वारा यह बात बिल्कुल स्पष्ट हो जाती है कि पारलौकिक जीवन की रूप-रेखा प्रत्येक पहलू से एक ही है।

इसके अतिरिक्त आधुनिक युग में ऐसे बहुत-से योगी भी हुए हैं, जिन्होंने इस ज्ञान की पुष्टि अपने निजी अनुभवों के आधार पर की है।

प्रत्येक मनुष्य में एक दिव्य-शक्ति जिसे कुंडलिनी कहते हैं, मेरुदंड, अर्थात रीढ़ की हड्डी के आखिरी स्थान पर होती है। यह वर्तमान समय के अधूरे मानवीय विकास के कारण अभी सोई हुई अवस्था में है, परन्तु विशेष क्रिया द्वारा जगाई जा सकती है। इसके जागने पर मनुष्य का जीवित अवस्था में ही परलोक और अन्य सूक्ष्म लोकों से संपर्क हो सकता है और वह वहां के सम्बन्ध में स्वयं सब कुछ जान सकता है।

महामना सी. डब्लू. लैडबीटर एक ऐसे ही योगी हुए हैं। उन्हें अपने गुरु की कृपा से उपर्युक्त दिव्य-दृष्टि भी प्राप्त थी। उन्होंने अपने अनुभव के आधार पर 'द अदर साइड ऑफ डेथ' नामक पुस्तक लिखी है। इस पुस्तक में दिए हुए विवरण से भी पारलौकिक जीवन संबन्धी वास्तविक तथ्यों की पुष्टि होती है।

पारलौकिक जीवन संबन्धी तथ्यों की पुष्टि हम लोगों को उस ज्ञान से भी मिलती है, जिसे आधुनिक युग के कुछ लोगों ने 'एस्ट्रल प्रोजेक्शन' द्वारा प्राप्त किया है। 'एस्ट्रल प्रोजेक्शन' वह अवस्था होती है, जिसके अन्तर्गत विशेष साधना द्वारा अमुक व्यक्ति जाग्रत अवस्था में ही अपनी इच्छा द्वारा अपने सूक्ष्म शरीर (एस्ट्रल बॉडी) को अपने भौतिक शरीर से कुछ समय के लिए अलग कर लेता है। स्वप्न की अवस्था में यह शरीर तो स्वाभाविक रूप से अनजाने में अलग होता है और मनुष्य का उस पर कोई संतुलन नहीं होता, परन्तु एस्ट्रल प्रोजेक्शन की अवस्था में मानव को अपने सूक्ष्म शरीर पर पूरा अधिकार होता है। दूसरे, स्वप्नावस्था में जो कुछ भी मनुष्य देखता है, जागने पर बहुधा भूल जाता है, परन्तु एस्ट्रल प्रोजेक्शन की अवस्था में नहीं भूलता। मृत्यु की स्थिति और एस्ट्रल प्रोजेक्शन में केवल यही अन्तर है कि मरने के बाद मनुष्य का सूक्ष्म शरीर सदा के लिए उसके भौतिक शरीर से अलग हो जाता है, परन्तु 'एस्ट्रल प्रोजेक्शन' की स्थिति में और स्वप्नावस्था में वह कुछ समय के लिए ही अलग होता है। ऐसी अवस्था में वह एक रूपहले तार से जिसे 'सिल्वर कॉर्ड' कहते हैं, सदा जुड़ा रहता है, जो रबड़ की तरह सूक्ष्म शरीर के साथ-साथ खिंचती चली जाती है।

एस्ट्रल प्रोजेक्शन के विषय पर एक पाश्चात्य विद्वान रौबर्ट कूकल, एबरडीन विश्वविद्यालय में वनस्पति-शास्त्र के निदेशक रहे हैं और भूगर्भ-शास्त्र

के प्रधानाचार्य भी रहे हैं। इनका सम्बन्ध विशेष रूप से 'सोसायटी ऑफ सायकिकल रिसर्च' से भी है और उन्होंने प्रोजेक्शन के विषय में विशेष अन्वेषण भी किए, अब तक इस विषय पर जो पुस्तकें उन्होंने लिखी हैं, उनके नाम हैं—1. द सुप्रीम ऐडवेंचर 2. द टेकनीक्स ऑफ एस्ट्रल प्रोजेक्शन और 3. मोर एस्ट्रल प्रोजेक्शन।

दूसरी और तीसरी पुस्तक में एस्ट्रल प्रोजेक्शन की लगभग 382 घटनाओं का संग्रह है, जिन्हें अध्ययन करके यह बात निश्चित रूप से प्रमाणित हो जाती है कि मृत्यु एक शरीरधारी प्राणी के लिए बहुत ही स्वाभाविक घटना है, जिसके द्वारा मनुष्य अपने जर्जर भौतिक शरीर, जो बेकार हो जाता है, त्यागकर अपने असली आत्मतत्त्व के साथ बिना किसी कष्ट और असुविधा के परलोक को पलायन कर जाता है।

शरीर त्यागने पर उसे अपूर्व हलकेपन और सुख की अनुभूति होती है, परन्तु उसके आचार-विचार और मनोबल में कोई परिवर्तन नहीं आता।

सर ऑलीवर लाज, प्रोफेसर क्रुक्स, सर ऑर्थर कानन डायल, भारतवर्ष के वी. डी. ऋषि और दूसरे अनेक विज्ञानवेत्ताओं ने भी मरणोपरान्त जीवन पर अपने-अपने ढंग से खोज की है और इस बात की पुष्टि की है कि मनुष्य मरने पर भी अपने दूसरे कोषों में बना रहता है और उसका अन्त नहीं होता।

मिसेज़ ऐनी बीसेंट भी विशिष्ट रूप से एक ऐसी महिला थीं, जो 'श्वेत सिद्ध संध' के महात्माओं के संपर्क में आई थीं। इस संघ के महात्मा जीवन-मुक्त होते हैं और 'पूर्ण पुरुष' होने के नाते उनका जीवित अवस्था में ही परलोकादि सूक्ष्म लोकों से सीधा संपर्क रहता है। इन महात्माओं द्वारा दिया गया ज्ञान 'थियोसोफ़िकल सोयायटी' के माध्यम से संसार के सामने आया है। मिसेज़ बीसेंट जीवन-भर इस सोसायटी की प्रधान रही हैं। यही ज्ञान इस पुस्तक में दिए गए पारलौकिक जीवन की तथा परलोक संबन्धी नियमों के वर्णन की आधारशिला है। इसकी वास्तविकता की पुष्टि के लिए यही कहना पर्याप्त होगा कि इस दिशा में जितने भी अन्वेषण हुए हैं, जैसे स्वलखेन-क्रिया द्वारा बताई हुई बातें अथवा एस्ट्रल प्रोजेक्शन द्वारा प्राप्त अनुभूतियों के वर्णन महात्माओं द्वारा दिए गए मूल ज्ञान की पुष्टि करते हैं।

9

परलोक सम्बन्धी शब्दावली की तालिका

यहां जो चार्ट प्रस्तुत किए गए हैं, उनके अध्ययन को सुगम बनाने के लिए और परलोक सम्बन्धी वर्णन को समझाने के लिए निम्नलिखित तालिका को समझना परमावश्यक है। बहुत-से शब्द भिन्न-भिन्न स्थानों पर प्रयोग किए गए हैं, परन्तु उनका अर्थ एक ही है। अतएव उनके पर्यायवाची रूप और वास्तविक अर्थ पर ध्यान देना चाहिए।

शब्द	पर्याय	अर्थ
1. एस्ट्रल प्लेन	परलोक, भुवर्लोक	वह स्थान, जहां मरने के बाद प्राणी निवास करते है। इस स्थान का मानव स्वप्न में भी दिग्दर्शन करता है, जिसकी धुंधली स्मृति जागने पर भी रहती है।
2. एस्ट्रल बॉडी	मनोमय कोष, वासना शरीर, काम शरीर, सूक्ष्म शरीर	वह शरीर, जिसके द्वारा मनुष्य मरने के बाद परलोक में जीवन-यापन करता है।
3. स्थूल-शरीर	फिज़ीकल बॉडी, अन्नमय कोष, भौतिक शरीर	पृथ्वी पर जिस शरीर में मनुष्य जीवित रहता है।
4. भूलोक	पृथ्वी	जहां मनुष्य जीवित अवस्था में रहता है।
5. प्राणमय-कोष	ईथरिक डबल, छाया शरीर	स्थूल शरीर और एस्ट्रल बॉडी के बीच का शरीर, जिसके द्वारा मनुष्य सूर्य से शक्ति और जीवन ग्रहण करता है। मृत्यु के समय इसका भी नाश हो जाता है।

शब्द	पर्याय	अर्थ
6. मेंटल बॉडी	मनोमय कोष, मानसिक शरीर	जिस शरीर से स्वर्गीय जीवन की अनुभूति होती है। यह केवल मूर्तिमय विचारों का वाहन है।
7. स्वर्गलोक	मेंटल प्लेन, देवाचन, जन्नत, पैराडाइज़	भुवर्लोक का जीवन समाप्त होने पर मनुष्य अपना वासना-शरीर त्यागकर जहां अत्यन्त सुखमय जीवन बिताता है।
8. कारण-शरीर	विज्ञानमय कोष, कॉज़ल बॉडी	यह शरीर मनुष्य का अमर सखा है, क्योंकि जन्म-जन्मान्तर में यह अमुक आत्मा का वाहन रहता है। यह आदर्श और भाववाचक विचारों का स्रोत है। यह महर्लोक के तत्त्व से निर्मित है।
9. व्यक्तित्व	पर्सनैलिटी	मनुष्य के नीचे के चार शरीर, अर्थात फिज़ीकल, ईथरिक डबल, एस्ट्रल और मेंटल बॉडी के समूह को कहते हैं, जो नाशवान है।
10. जीवात्मा	ईगो	मनुष्य का वास्तविक रूप, जिसे 'हायर सेल्फ़' भी कहते हैं। यह सदा अमर रहने वाली सत्ता है, जिसके अन्तर्गत कारण-शरीर, बुद्धिक- शरीर और आत्मिक-शरीर आते हैं। यह मनुष्य का वास्तविक तत्त्व है, जिसमें संकल्प, विवेक और कर्म की प्रवृत्तियां विद्यमान रहती हैं।
11. ब्रह्मांड	यूनीवर्स	पृथ्वी और उससे संबन्धित सूक्ष्म लोकों का गोलाकार पिंड, जिसमें दृश्य और सारे अदृश्य जगत संयुक्त हैं।

चार्ट नं. 1

ब्रह्माण्ड में व्याप्त प्रकृतियां और उनके गुण

1.	दैवी (आदि)	मूल प्रकृति	(अव्यक्त)
2.	मोनादिक	,, ,,	(व्यक्त)
3.	आत्मिक	संकल्प	अध्यात्म
4.	बुद्धिक	प्रेम (वासना-रहित)	अंतर्ज्ञान
5.	मानसिक (स्वर्ग)	विचार	विश्लेषण बुद्धि
6.	वासना (एस्ट्रल)	भावना (आवेग)	आसक्ति व विरक्ति
7.	स्थूल	कर्म	इन्द्रियजनित ज्ञान

प्रत्येक ऊपर के लोक का तत्त्व नीचे के समस्त लोकों में व्याप्त है। ईश्वरीय तत्त्व जब ऊपर के नं. 2 वाले लोक से उतरता है, तब वह सिलसिलेवार प्रत्येक लोक की प्रकृति का आवरण अपने चारों तरफ ओढ़ लेता है। सातवें लोक तक पहुंचने पर उसके पांच शरीर बन जाते हैं, जिनका विवरण आगे दिया गया है। पशु वर्ग से मनुष्य-योनि प्राप्त करने पर उसमें सातों लोकों की प्रकृतिनिहित हो जाती हे, क्योंकि वर्तमान विकास-स्तर, अर्थात् मानवीय चेतना मानसिक लोक तक ही पहुंच पाई है, अतएव उसका आवागमन केवल नीचे के तीन लोकों तक ही सीमित है।

चार्ट नं. 2

पृथ्वी और उसके चारों तरफ बसे हुए अनेक सूक्ष्म जगतों को ब्रह्मांड कहते हैं। इसकी वास्तविक स्थिति आगे दी गई है।

सबसे अन्दर का वृत्त नं. 7 पृथ्वी की वास्तविक स्थिति को दर्शाता है, जो दृश्य और स्थूल जगत है और जो एक गेंद के अनुरूप है। इसके चारों तरफ प्याज़ के छिलके की तरह परिवेष्टित नं. 6 की एक पट्टी है, जिसे एस्ट्रल प्लेन अथवा भुवर्लोक कहते हैं, परन्तु यह केवल प्याज़

की तरह नहीं है, इसका तत्त्व स्थूल जगत में भी समाया हुआ है। इसी

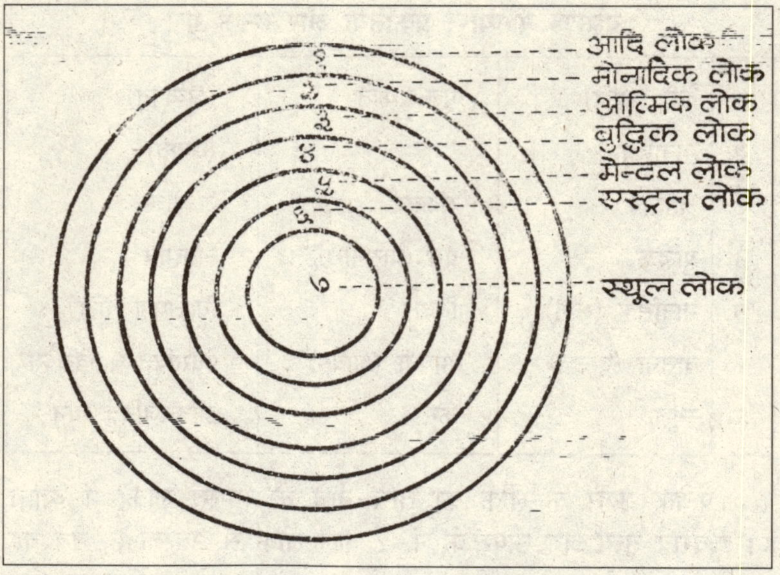

तरह इन दोनों के ऊपर पांचवें प्लेन की पट्टी मढ़ी हुई है, परन्तु उसका अंश छठे और सातवें प्लेन में समाया हुआ है।

उपर्युक्त व्यवस्था ऊपर नं. 1 तक चली गई है, अर्थात नं. 1 की अपनी स्वयं की प्रकृति एक पट्टी के रूप में सबसे बाहर की तरफ विद्यमान है और उसका अंश नीचे के सब लोकों में भी है, क्योंकि प्रत्येक ऊपर वाले लोक की प्रकृति नीचे वाले की अपेक्षा सूक्ष्म होती चली गई है। इसी तरह नं. 2 की प्रकृति नं. 1 में नहीं है, परन्तु नीचे के सब लोकों में मौजूद है।

क्रम	लोक (हिन्दू शास्त्र के अनुसार)	लोक (ब्रह्मज्ञान के अनुसार)	सात लोक और 49 उपलोक तथा उनकी प्रकृति	दृश्य-अदृश्य जगत	लोकानुरूप कोष
1	गोलोक 1	आदि लोक	निर्गुण ब्रह्म (अव्यक्त)	अ	
2	वैकुंठ लोक 2	मोनादिल लोक	मूल प्रकृतिमय (व्यक्त)	⋮	
3	सत्य लोक 3	आत्मिक लोक	आत्मतत्त्व	न	विवेक संकल्प जीवात्मा कर्म प्रवृत्ति
4	तप लोक 4 जन लोक 5	बौद्धिक लोक	परा अन्तर्ज्ञान	ह	

5	महर्लोक 6	मानसिक लोक	भाववाचक विचार	अदृश्य	विज्ञानमय कोष व कारण शरीर (कैजुअल बॉडी)
	स्वर्गलोक 7		राशिभूत विचार		मानसिक शरीर (मेंटल बॉडी)
6	भुवर्लोक 8	एस्ट्रल लोक	कलात्मक परोपकारी कल्याणकारी सतोगुण, रजोगुण, तमोगुण		वासना-शरीर (एस्ट्रल बॉडी)
7	भूलोक 9	स्थूल लोक	स्मरणशक्तिदायक		प्राणमय कोष (इथेरिक डबल)
			ज्योतिर्दायक		
			जीवनदायक		
			क्रियात्मक		
			वायव्य	दृश्य	अन्नमय कोष (फिज़ीकल बॉडी)
			तरल		
			ठोस		

10

परलोक और उसका वास्तविक रूप

इससे पूर्व कि यह बतलाएं कि परलोक कहां पर स्थित है, यह बताना परमावश्यक होगा कि ब्रह्मांड, जिसका परलोक एक हिस्सा है, उसका वास्तविक रूप क्या है। अक्सर हिन्दू ग्रंथों में सात लोकों का हवाला मिलता है और बहुत से हमारे भाई यह समझते हैं कि ये सात लोक हमारी पृथ्वी की तरह बसी हुई सात दुनियाएं हैं, जो दूर कहीं सात सितारों में स्थित होंगी, परन्तु वास्तविकता बिल्कुल इसके विपरीत है। ये सात लोक हमारी इस पृथ्वी (भूलोक), जिस पर हम रहते हैं, इसके चारों तरफ़ ही आकाश में बसे हुए हैं। वे सब इन चर्म चक्षुओं से दृष्टिगोचर नहीं होते, क्योंकि वे सब अदृश्य जगत हैं। ये सातों लोक प्याज़ के छिलकों की तरह से इस गोलाकार पृथ्वी पर मढ़े हुए भी हैं और प्रत्येक ऊपर के लोक का तत्त्व नीचे के सब लोकों में समाया हुआ भी है।

दूसरे शब्दों में प्रत्येक लोक का तत्त्व अपने से नीचे के लोक के तत्त्व से सूक्ष्म भी है और नीचे के सब लोकों में समाया हुआ भी है। इस परिस्थिति को चार्ट नम्बर 1 से नम्बर 3 तक में समझाने का प्रयास किया गया है।

अतएव जिस पृथ्वी पर हम रहते हैं और जितनी हमें यह दिखाई देती है, उससे कहीं अधिक यह अदृश्य जगत का हिस्सा है। संपूर्ण पृथ्वी जिसके चारों तरफ ये सात लोक विद्यमान हैं, उसकी रूपरेखा चार्ट नम्बर 2 में दिखाई गई है और इस समस्त को जिसमें दृश्य और अदृश्य जगत सम्मिलित हैं, उसे ब्रह्मांड कहते हैं। इसमें सात लोक हैं और प्रत्येक लोक में सात उपलोक हैं, अर्थात ब्रह्मांड की सारी प्रकृति 49 उपलोकों में बंटी हुई है।

चार्ट नम्बर 3 में देखिए, सबसे नीचे का सातवां लोक स्थूल जगत है। इस स्थूल जगत के सबसे स्थूलतम तत्त्व ठोस, तरल और वायव्य प्रकृति के हैं। यही इसके उपलोक हैं। इनमें से सबसे नीचे के दो तत्त्व ठोस और तरल प्रकृतिमय उपलोक दृश्य जगत बनाते हैं और बाक़ी के 47 इस सारे ब्रह्मांड का अदृश्य जगत है।

अब हम दृश्य और अदृश्य जगत की बात करते हैं। इससे हमारा आशय उस प्रकृति से है, जिसे हम अपने चर्म चक्षुओं से नहीं देख सकते हैं अथवा जिसे हम नहीं देख सकते।

एक बात जो इस संबन्ध में विशेषकर समझने की है, वह यह कि प्रत्येक ऊपर के उपलोक का तत्त्व अपने से नीचे के उपलोक के तत्त्व से सूक्ष्मतर भी होता है और अपने से नीचे का समस्त उपलोकों के तत्त्वों में समाया हुआ भी रहता है।

उदाहरण के तौर पर यदि हम नीचे से ऊपर की ओर गणना करें, तो जल जो तरल पदार्थ है, 48वें उपलोक की प्रकृति है और वह 49वीं प्रकृति (जो ठोस है) में सम्मिलित भी है और ठोस के मुकाबले सूक्ष्मतर भी है। इसी प्रकार वायु जो 47वें उपलोक की प्रकृति है, वह अपने से नीचे के उपलोकों की प्रकृति जल और ठोस पदार्थ में समाई हुई भी है और उन दोनों के मुक़ाबले सूक्ष्मतर भी है।

इस उपर्युक्त नियम को बोधगम्य बनाने के लिए मैं फिर दोहराता हूं कि 'गोलोक' अथवा 'आदिलोक' इस ब्रह्मांड का सबसे ऊंचा लोक माना जाता है। ऊंचे से मेरा आशय यह है कि इस लोक का तत्त्व नीचे वाले सब लोकों के तत्त्वों से अधिक सूक्ष्म है। कदाचित् इसे यदि सूक्ष्मतम कहा जाए, तो अनुचित नहीं होगा। दूसरा पहलू इस नियम का यह है कि इस लोक का तत्त्व नीचे के जितने भी लोक हैं, उन सब में व्याप्त है।

अब दूसरे नम्बर पर आइए। उसे 'बैकुंठ' या 'मोनादिक लोक' कहते हैं। इस लोक की प्रकृति नम्बर एक वाले लोक की प्रकृति से स्थूलतर है और उसमें समाई हुई भी है, परन्तु इसका तत्त्व नम्बर तीन वाले 'सत्यलोक' की प्रकृति से सूक्ष्मतर भी है और उसमें और अन्य नीचे के समस्त लोकों की प्रकृति में व्याप्त भी है।

यह क्रम न केवल सातों लोकों में लागू होता है, अपितु प्रत्येक लोक के सातों उपलोकों में भी चलता है। इस नियम की व्याख्या निम्नलिखित उदाहरण से और स्पष्ट हो जाएगी।

एक शीशी में पानी भरिए और फिर रेत, कंकड़ और राख सब मिलाकर उसमें डाल दीजिए और शीशी को किसी स्थान पर रख दीजिए। थोड़ी देर में आप देखेंगे कि कंकड़ जो सबसे भारी पदार्थ था, वह शीशी की सतह में बैठ गया है। कंकड़ों में भी मोटे कंकड़ सबसे नीचे होंगे और छोटे उनसे ऊपर। उनके ऊपर रेत के कण होंगे, फिर राख होगी और सबसे ऊपर पानी होगा, जो सब पदार्थों से हलका भी है और नीचे तक सब जगह समाया हुआ भी है। रेत के कण जो राख के कण से भारी हैं, राख के ऊपर नहीं मिलेंगे, परन्तु नीचे पड़े हुए कंकड़ों के साथ लिपटे हुए अवश्य दिखाई देंगे। ठीक इसी प्रकार सात लोकों की एवं 49 उपलोकों की प्रकृति नीचे से ऊपर की तरफ़ हलकी, अर्थात एक के बाद दूसरे से सूक्ष्मतर होती जाती है और प्रत्येक ऊपर के लोक व उपलोक की प्रकृति के समस्त उपलोकों में समाई हुई भी रहती है।

बहुत-से विद्वानों ने मनुष्य को स्वयं एक ब्रह्मांड का छोटा नमूना है, ऐसी बात कही है। इसका आशय केवल यही है कि उसमें पृथ्वी के चारों तरफ बसे हुए उपर्युक्त सातों लोकों की प्रकृतियां विद्यमान हैं। चार्ट नम्बर 3 में देखिए, किस प्रकार प्रत्येक लोक के अनुरूप मनुष्य में बहुत-से शरीर होते हैं। जिस प्रकार सूक्ष्म प्रकृति स्थूल में समाई हुई है, उसी तरह मनुष्य के नीचे से ऊपर की ओर सूक्ष्मतर है और उन सबके अंश भौतिक शरीर में व्याप्त हैं और एक-दूसरे में समाए हुए भी हैं।

मनुष्य की सबसे सूक्ष्म देह 'कारण शरीर' है। इसको 'विज्ञानमय कोष' भी कहते हैं। यह जीवात्मा का निजी वाहन है और इस देह का विनाश नहीं होता। मानव के जन्म जन्मान्तर में यह अमर सखा की तरह जीवात्मा के साथ संबद्ध रहता है। कारण शरीर का निर्माण पांचवे लोक (महर्लोक) के तत्त्व से होता है, जिसमें अमूर्तिमय भाववाचक विचार, जिनकी कोई रूपरेखा नहीं होती, स्पन्दन करते हैं। मनुष्य के जन्म-जन्मान्तर के अनुभव बीज रूप में इसी शरीर में स्थित रहते हैं और जब-जब वह

जन्म लेता है, उसकी पुरानी धरोहर अपने पूर्ण रूप में खिल उठते हैं। उसकी भक्ति, उसकी सहनशीलता, उसकी हिम्मत, उसका सार्वजनिक प्रेम, उसकी शालीनता, उसकी कार्यनिपुणता, उसका विवेक फिर अपने पुराने सौरभ से उसके नवजीवन को भर देते हैं। कदाचित् उसके ये सब गुण अधिक मात्रा में और तेजयुक्त होकर मुखर हो उठते हैं, क्योंकि पिछले जन्मों में जो उसने अपने अनुभवों के फलस्वरूप सीखा था, वे गुण उसके दृष्टिकोण के स्तर तक कदाचित् रहे होंगे, परन्तु इस जन्म में उसकी उपलब्धियां सतत अभ्यास और मनन के कारण अब उसके स्वभाव में परिणत हो चुकी हैं।

जैसा कि ऊपर बताया है, कारण शरीर मनुष्य का अमर सखा होने के नाते गत जीवन की अनुभूतियों को सार रूप में ग्रहण किए रहता है तथा उसके वर्तमान जीवन के व्यक्तित्व को एक नई उज्ज्वलता प्रदान करता है।

कारण शरीर में मनुष्य की दुर्बलताएं, दुर्गुण और भ्रष्टाचार के भाव नहीं आ सकते, क्योंकि उसका निर्माण तो ऐसे स्वच्छ विचारों से होता है, जिनमें आत्मतत्त्व समाया रहता है, परन्तु मनुष्य के नीचे लोक वाले चार शरीर, जो नाशवान हैं और जिनसे प्रत्येक मनुष्य का व्यक्तित्व बनता है, उनमें 'एस्ट्रल बॉडी' एक ऐसा शरीर है, जो मनुष्य की दुर्बलताएं अपने अंदर समेटे रखता है। मृत्यु के बाद मनुष्य का स्थूल शरीर प्राणमय कोष, वासना-शरीर (एस्ट्रल बॉडी) और मनोमय कोष (मेंटल बॉडी) एक के बाद दूसरा जन्म लेने से पहले विनाश को प्राप्त हो जाते हैं, परन्तु मनुष्य की दुर्बलताओं का विनाश नहीं होता। जो दुर्बलता किसी मनुष्य के वर्तमान जीवन में होती है, वह उसी मात्रा में अगले जीवन में भी आ जाती है। इसका मुख्य कारण यह है कि उपर्युक्त चारों नाशवान शरीरों के एक-एक स्थायी अणु शरीरों के विनाश होने पर भी बीज रूप में रह जाते हैं और वे मनुष्य के कारण शरीर के साथ जुड़ जाते हैं। जब अमुक मनुष्य दुबारा जन्म लेता है, तब उन्हीं स्थायी अणुओं (परमानेंट एटम्स) पर आधारित मनुष्य के चारों नाशवान शरीर पुरानी दुर्बलताओं के साथ फिर प्रकट हो जाते हैं। मनुष्य का रूप-रंग तो कदाचित् पहले जैसा नहीं होता, परन्तु उसकी पिछले जन्म की शारीरिक कमज़ोरी तक फिर से उभरती देखी गई है।

उन लोगों को छोड़कर, जैसे प्रोफ़ेसर, डॉक्टर, कलाकार और मनोवैज्ञानिक हैं, जो भाववाचक विचारों (एब्ट्रैक्ट थॉट्स) पर मनन करने की क्षमता रखते हैं, औसत दर्जे का मनुष्य, जिसकी गणना 90 प्रतिशत होगी, केवल मूर्तिमय विचारों पर ही मनन कर सकता है, अर्थात औसत दर्जे का मनुष्य भक्तिभाव, सार्वजनिक प्रेम, करुणा, सहनशीलता आदि आदर्शवादी विचारों पर मनन नहीं कर सकता। अतएव मृत्यु के बाद ऐसे लोगों की पहुंच केवल 'स्वर्ग-लोक तक ही सीमित रहती है, जो मूर्तिमय विचारों की दुनिया है, परन्तु जो लोग भाववाचक विचारों पर मनन कर सकते हैं, वे लोग स्वर्ग से ऊपर महर्लोक के भव्य जीवन की भी अनुभूति कर सकते हैं।

मेंटल बॉडी कारण शरीर से स्थूलतर प्रकृति की होती है, जो मूर्तिमय विचारों का केन्द्र है। प्रत्येक मनुष्य स्वर्गीय जीवन के समाप्त होने पर इस शरीर को भी त्याग देता है और पुनर्जन्म के समय दूसरी मेंटल बॉडी बनाता है।

स्वर्गलोक से नीचे 'भुवर्लोक' का स्थान है। यही वह लोक है, जिसे हम परलोक या एस्ट्रल प्लेन भी कहते हैं। इसके अनुरूप हमारे पास 'एस्ट्रल बॉडी' होती है, जिसमें वे विचार स्पन्दन करते हैं, जो वासना से युक्त होते हैं। मरने के बाद इसी लोक में प्राणी स्वर्गलोक में जाने से पहले निवास करता है। हिन्दू शास्त्रकारों के अनुसार 'मनोमय कोष' भुवर्लोक और स्वर्गलोक दोनों को निभाता है, परन्तु थियोसोफ़िकल सोसायटी के साहित्य के अनुसार, जिसकी आधारशिला महात्माओं द्वारा दिया ज्ञान है, 'भुवर्लोक' में जीवन बिताने के लिए एस्ट्रल बॉडी और स्वर्गलोक के लिए 'मेंटल बॉडी' दो अलग-अलग शरीर होते हैं।

दूसरे शब्दों में जब मनुष्य भुवर्लोक में जीवन समाप्त करता है, तब वह एक दूसरी मृत्यु से गुज़रता है, क्योंकि स्वर्गलोक में जाने के लिए उसे अपनी एस्ट्रल बॉडी (वासनामय शरीर) भी त्यागनी पड़ती है, क्योंकि वासना तमाम दुखों को जन्म देती है। अतएव जब प्राणी स्वर्गलोक में प्रवेश करता है, उसके पास वह शरीर ही नहीं होता, जो दुखों की सृष्टि करता है।

भुवर्लोक वही लोक है, जहां मनुष्य स्वप्नावस्था में भ्रमण करता है। बहुधा जागने पर उसे स्वप्न में देखे हुए की पूरी स्मृति नहीं रहती,

क्योंकि स्वप्नावस्था के अनुभव की छाप स्थूल शरीर वाले मस्तिष्क पर नहीं पड़ती, जो केवल जाग्रत अवस्था में कार्यशील रहता है।

मरने के बाद प्राणी तुरन्त दूसरा जन्म नहीं लेता। जो लोग ऐसा मानते हैं, वे भ्रम में हैं। पारलौकिक जीवन एक सच्चाई है और उसके बाद स्वर्गीय जीवन भी एक सच्चाई है। तुरन्त जन्म लेने की बात सिद्धान्त रूप से भी ठीक नहीं लगती, क्योंकि जब मनुष्य की मृत्यु ही निश्चित नहीं है और वह विशेष परिस्थितियों में टाली भी जा सकती है, तब तुरन्त जन्म लेने में बंधन कैसे सम्भव है। जन्म कर्मानुसार होता है और कर्म करने में मनुष्य स्वतन्त्र है। स्त्री-पुरुष के संयोग से प्राणी किसी गर्भ में प्रवेश करता है। यह संयोग कोई बंधन नहीं है, एक स्वतन्त्र क्रिया है। जब जन्म किसी अमुक गृह में लेना है और जन्म देने वाले अपने सहवास में स्वतन्त्र हैं, तब जन्म लेने वाला किसी समय के बंधन में कैसे पड़ सकता है।

प्रत्येक मनुष्य को भुवर्लोक में कितने समय रुकना पड़ता है, उसका विवरण चार्ट नं. 4 में दिया गया है। मुख्य रूप से जब तक मनुष्य अपनी वासनाओं के पीछे भटकता रहता है, उसे भुवर्लोक से मुक्ति नहीं मिलती। यद्यपि परलोक में वह अपने स्थूल शरीर से हीन होता है, जिसके द्वारा उसकी वासनाओं की तृप्ति संभव है, परन्तु उसकी एस्ट्रल बॉडी उसकी वासनाओं की केन्द्र फिर भी बनी रहती है और वह व्यर्थ ही तृप्ति के साधन ढूंढती फिरती है। बहुत समय के बाद जब वह इस मजबूरी को अनुभव करती है, तभी उसकी भुवर्लोक से मुक्ति संभव होती है।

वासनाओं के अंतर्गत काम, क्रोध, मोह और लोभ आदि विकार मानव को परेशान और दुखी रखते हैं और स्थूल शरीर से हीन होने पर भी वह भुवर्लोक में इनके पीछे दौड़ता है।

मृत्यु के बाद मनुष्य का स्थूल शरीर (फिज़ीकल बॉडी) और प्राणमय कोष (ईथरिक डबल), जिनका संबन्ध भौतिक जीवन से है, वे दोनों ही नष्ट हो जाते हैं। भुवर्लोक में जब वह रहता है, तब उसके पास केवल तीन शरीर रह जाते हैं। उनके नाम हैं, एस्ट्रल बॉडी (वासनामय शरीर), मेंटल बॉडी (मनोमय कोष) और तीसरा कारण शरीर (कॉज़ल बॉडी)। एस्ट्रल बॉडी से सूक्ष्म मेंटल बॉडी होती है और मेंटल बॉडी से सूक्ष्म कारण शरीर होता है।

भूलोक पर जब तक मनुष्य जीवति रहता है, उसके पास इस लोक से संबन्धित दो शरीर सक्रिय रहते हैं। एक स्थूल शरीर और दूसरा प्राणमय कोष। स्थूल शरीर का निर्माण भौतिक जगत की सबसे ठोस और नीचे की प्रकृतियों से होता है, जैसे ठोस, तरल और वायव्य प्रकृतियां। ठोस प्रकृति के अनुरूप उसके स्थूल शरीर में हड्डियां, तरल के अनुरूप उसमें रक्त और वायव्य के अनुरूप उसमें गैस तत्त्व रहता है।

दूसरा शरीर प्राणमय कोष, जो स्थूल शरीर से सूक्ष्मतर है, उसमें चार प्रकार के आकाशतत्त्व होते हैं। प्राणमय कोष जिसे 'ईथरिक डबल' भी कहते हैं, उसका कार्य सूर्य से जीवन शक्ति लेकर मनुष्य में स्थित नर्वस सिस्टम का पोषण करना है। इन्हीं आकाशतत्त्वों द्वारा मनुष्य अपने हाथों और पैरों को हिला-डुला सकता है। इन्हीं के द्वारा उसके शरीर के अवयव पनपते हैं और उम्र के साथ पुष्ट होते हैं और बढ़ते हैं। इन्हीं के द्वारा नेत्र को रोशनी मिलती है और अन्य ज्ञानेनिद्रयां अपना-अपना कार्य करती हैं। आकाश के सबसे सूक्ष्म तत्त्व द्वारा मनुष्य को स्मरणशक्ति की उपलब्धि होती है। प्राणमय कोष अथवा छाया-शरीर, क्योंकि मनुष्य के स्थूल शरीर के अनुरूप होता है, इसीलिए इसको 'ईथरिक डबल' कहते हैं।

यूनान में एक प्राचीन मन्दिर है, जिसके दरवाज़े पर यह अंकित है, 'मैन! नो दाइसेल्फ', अर्थात 'हे मनुष्य! तू अपने-आपको पहचान।' अतएव यह सच्चाई है कि यदि मनुष्य अपने वास्तविक रूप को जान लेता है, तो वह इस जगत को, जिसमें वह रहता है, भी पहचान सकता है।

जिस ईश्वरीय तत्त्व का मनुष्य एक अंश है, वह तत्त्व अपने असली रूप में दूसरे लोक में जिसे चार्ट नं. 3 के अनुसार 'बैकुंठ' या 'मोनादिक प्लेन' कहते हैं, विद्यमान रहता है। जब इस तत्त्व की किरण नीचे के लोक में उतरती है, तब उसके चारों तरफ उस लोक की प्रकृति इकट्ठी हो जाती है। विश्व की प्रकृति का यह नियम है कि उपर्युक्त ईश्वरीय तत्त्व अब नम्बर 2 से नम्बर 3 के लोक उतरता है, तब तीसरे लोक की प्रकृति एक और आवरण के रूप में उसके चारों तरफ इकट्ठी हो जाती है और तीसरे से जब चौथे में उतरता है, तब चौथे लोक का एक और आवरण उसके ऊपर आ जाता है। इसी प्रकार चौथे से पांचवें में, पांचवें

से छठे, और छठे से सातवें में उतरकर वह मनुष्य के रूप में उत्पन्न होता है। यही आवरण एक के बाद दूसरे में समाते भी जाते हैं और मनुष्य के भिन्न-भिन्न शरीरों का रूप भी धारण कर लेते हैं।

ये आवरण केवल एक लोक से ही संबन्धित और सीमित नहीं होते। प्रत्येक उपलोक के तत्त्व भी (जिनकी गणना प्रत्येक लोक में सात है) कुछ भिन्न-भिन्न प्रकृति के होते हैं, परन्तु यह आवश्यक नहीं है कि प्रत्येक उपलोक की प्रकृति अपने अलग आवरण के रूप में व्यक्त हो जाए, यद्यपि उस आवरण के निर्माण में हर उपलोक की प्रकृति का कुछ-न-कुछ अंश अवश्य होता है।

ऊपर के चार लोक् अपने भिन्न-भिन्न तत्त्वों से जीवात्मका का निर्माण करते हैं। जीवात्मा अपने स्वभाव से बिलकुल निर्लेप है। उसमें संकल्प, विवेक और कर्म करने की प्रवृत्तियां निहित होती हैं। मनुष्य अच्छा या बुरा अपने व्यक्तित्व-सम्बन्धी दूषित व स्वच्छ प्रकृतिमय आवरणों के कारण जो उसे मेंटल बॉडी, एस्ट्रल बॉडी, प्राणमय कोष और अन्नमय कोष के रूप में प्राप्त हुए हैं, बन जाता है।

पांचवें लोक 'मेंटल प्लेन' के ऊपर के तीन उपलोक वाले खंड को महर्लोक कहते हैं। इसमें अमूर्तिमय विचार स्पन्दन करते हैं। इस खंड के अनुरूप मनुष्य के पास कारण शरीर होता है, जिसे विज्ञानमय कोष भी कहते हैं। मेंटल प्लेन के नीचे वाले चार उपलोक वाला खंड मूर्तिमय विचारों का सृजन करता है। इसके अनुरूप मनुष्य के पास 'मेंटल बॉडी' है। इसी उपखंड को 'स्वर्गलोक' भी कहते हैं।

स्वर्गलोक इसलिए सुख देने वाला लोक है, क्योंकि इस लोक में प्रवेश करने के लिए मनुष्य को भुवर्लोक से संबन्धित एस्ट्रल बॉडी (काम शरीर) त्यागनी पड़ती है। यह उसकी दूसरी मृत्यु होती है। काम शरीर, क्योंकि इच्छाओं का केन्द्र है और इच्छाएं व वासनाएं सब सुखों का मूल कारण हैं, इसलिए स्वर्ग में मनुष्य के पास वह शरीर ही नहीं होता, जो इच्छाओं को जन्म देता है। दूसरे शब्दों में स्वर्गीय जीवन एक स्वयं-संयुक्त (सेल्फ़ कंटेंड) स्थिति होती है, जहां जीवनयापन के लिए कोई आवश्यकता नहीं सताती। वह यहां तक स्वयंसंयुक्त होता है कि यदि उसे अपने किसी भौतिक जीवन

के संबन्धी की याद आ जाती है, तो उसका वह प्यारा संबन्धी चाहे जीवित हो या मृत्यु-ग्रस्त हो चुका हो, अथवा दूसरा जन्म तक धारण कर चुका हो, अपने वास्तविक रूप में उसके पास उपस्थित हो जाता है।

कदाचित् लोग इसे एक भ्रान्ति की स्थिति कह सकते हैं, परन्तु ऐसा नहीं है। प्रत्येक मनुष्य का अपना असली अस्तित्व एक ईश्वरीय चिंगारी द्वारा होता है, जिसे मोनाद कहते हैं। यह दूसरे लोक की विभूति है। जब मनुष्य भूलोक में जीवित होता है, उस समय भी उस वास्तविक रूप का प्रतिबिम्ब भूलोक में उस मनुष्य की इकाई बनाता है और स्वर्गीय जीवन में भी वही वास्तविक रूप एक-दूसरे प्रतिबिम्ब द्वारा उस लोक के निवासी के समीप विद्यमान होता है। इस रहस्य को इस प्रकार समझिए, जैसे सूर्य जो एक है, दृष्टा उसी एक सूर्य को दस पानी से भरे प्यालों में देख सकता है। यदि एक से अधिक भी देखने वाले हों, तो वे सब उस सूर्य के प्रतिबिम्ब को दसों प्यालों में एक ही समय में देख सकेंगे।

यदि किसी मनुष्य को अपने भौतिक जीवन में, जब वह जीवित था, कभी किसी सच्चे सुख की अनुभूति हुई हो (ऐसा सुख, जिसने उसे आत्मविभोर किया हो), तो वह अनुभूति स्वर्गलोक में दीर्घकाल तक फैली रहती है।

स्वर्गलोक से नीचे छठा लोक है, जिसे 'भुवर्लोक' अथवा 'एस्ट्रल प्लेन' कहते हैं। इसका वर्णन पहले कर चुके हैं। इसके अनुरूप हमारे अंदर 'एस्ट्रल बॉडी' है, जिसे वासनामय शरीर भी कहते हैं।

भुवर्लोक से नीचे सातवां एवं अन्तिम स्थूलतम लोक है, जो इस पृथ्वी पर स्थित है और जिसे 'भूलोक' कहते हैं।

भूलोक भी अन्य लोकों की तरह सात उपलोकों में विभक्त है। इसके सबसे नीचे के तीन उपलोक वे हैं, जिनकी प्रकृति ठोस, तरल और वायव्य है। इसके अनुरूप मनुष्य के पास स्थूल शरीर है। इन तीनों से ऊपर और सूक्ष्मतर चार प्रकार के ईथर (आकाशतत्त्व) हैं, जिनके अनुरूप मनुष्य में छाया-शरीर (प्राणमय कोष) है। इन शरीरों का वर्णन हम पहले कर चुके हैं। इनका विस्तार पूर्वक वर्णन आगे किया गया है।

11

भौतिक शरीर का त्याग

मृत्यु का जब आगमन होता है, तब शरीर में जो निर्बल और मर्म-इन्द्रियां होती हैं, वे ही सबसे पहले रुकती हैं। बाद में जीवन-शक्ति, जिसको प्राणमय कोष धारण किए हुए है, पैरों से खिसकना और सिर की तरफ चढ़ना शुरू कर देती है तथा हृदय और फेफड़े भी रुक जाते हैं।

जीवन-शक्ति (प्राण) का ह्रास होते ही रक्त में संचित विष को नष्ट करने की क्षमता कम होने लगती है और विष का प्रभाव बढ़ने लगता है।

जब तक इन्द्रियां बलवान हैं, वे स्वभाव से ही जीवन की रक्षा करती हैं। दर्द का भान तब तक होता है, जब तक जीव शरीर छोड़ना नहीं चाहता, परन्तु शरीर के जर्जर हो जाने पर शरीर का मोह भी समाप्त होने लगता है और दर्द की अनुभूति भी मिटने लगती है। उस समय रक्त में विष जमा होने लगता है और मूर्च्छा बढ़ने लगती है। इस अर्द्धचेतना की अवस्था में प्रत्येक मनुष्य अपने जीवन की सारी घटनाएं सिनेमा की फ़िल्म की तरह देखता है। यह फ़िल्म मरणासन्न व्यक्ति को उसकी वर्तमान अवस्था से तरुण और बाल्यकाल की घटनाओं की तरफ ले जाती है। यही वह परिस्थिति है, जब प्रत्येक जीवात्मा अपने जीवन के सारे लेखे-जोखे का स्वयं ही मूल्यांकन करता है। उस समय वह स्वयं ही एक अभियुक्त होता है, स्वयं ही पेशकार होता है और स्वयं ही न्यायाधीश होता है।

उस समय उसे अच्छे कर्मों के कारण आनन्द भी होता है और बुरे कर्मों के कारण पछतावा भी।

एक बात जो सबसे अधिक महत्त्व की है, वह है कि यह मूल्यांकन हर मनुष्य अपनी पूर्ण स्वस्थ चेतना में करता है। एक महात्मा ने तो यहां तक बताया है कि जन्म से पागल भी इस फ़िल्म को पूर्ण स्वस्थ अवस्था में देखते हैं, क्योंकि उस समय आत्मत्व जो निर्लेप भी है और व्याधि रहित भी, स्वयं दृष्टा के रूप में सक्रिय होता है। यह ईश्वरीय नियम पूर्ण है और त्रुटि-रहित भी।

फ़िल्म के अवलोकन की समाप्ति पर मरणासन्न व्यक्ति का सूक्ष्म शरीर (एस्ट्रल बॉडी) सिर की तरफ़ से खिसकता हुआ बाहर आ जाता है। उसका शरीर भौतिक शरीर से एक सफ़ेद चमकदार फ़ीते से जुड़ा रहता है और वह फ़ीता, जिसे सिल्वर कॉर्ड कहते हैं, मृत्यु के समय धीरे-धीरे पतला होना शुरू हो जाता है और अंत में टूट जाता है। इसके टूटते ही मृत्यु की क्रिया भी समाप्त हो जाती है।

स्वप्नावस्था में यह फ़ीता (कॉर्ड) एस्ट्रल बॉडी (सूक्ष्म शरीर) के मीलों दूर चले जाने पर भी सोए हुए भौतिक शरीर से सदा जुड़ा रहता है और दूर जाने पर रबड़ की तरह खिंचता चला जाता है, परन्तु मृत्यु के आगमन पर जुड़ा नहीं रहता। यह डोर अंत समय में टूट ही जाती है।

मृत्यु के समय जीवात्मा अपने दो शरीरों को त्यागता है। एक वह, जिसे हम स्थूल शरीर व अन्नमय कोष कहते हैं और दूसरा 'छाया-शरीर', जिसे प्राणमय कोष व 'ईथरिक डबलप' भी कहते हैं। यह दूसरा शरीर हम अपने चर्म-चक्षुओं से नहीं देख सकते, परन्तु दिव्य-दृष्टि प्राप्त लोग इसको दस या बारह दिन तक, जहां मृतक का निवास स्थान होता है अथवा जहां मृतक क़ब्र में गड़ा हुआ होता है, मंडराते हुए देख सकते हैं और अंत में इसका विलय हो जाता है। कदाचित् हिन्दुओं में तेरहवीं या सत्रहवीं की रस्म इसकी शान्ति के लिए ही की जाती होगी। जिन मृत व्यक्तियों को क़ब्र में गाड़ा जाता है, उनका छाया शरीर अक्सर क़ब्र के चारों तरफ़ मंडराते देखा गया है। यद्यपि इस शरीर में चेतना बिल्कुल नहीं होती, परन्तु उसके सूक्ष्म अवयवों के कारण इसमें भौतिक शरीर के प्रति कुछ अंधा मोह अवश्य रहता है।

12

मृत्यु के बाद पारलौकिक जीवन

मृत्यु के बाद मनुष्य की एस्ट्रल बॉडी जब अपने भौतिक शरीर से अलग हो जाती है, तब बहुधा उसको निद्रा आ घेरती है। यह निद्रा दो या तीन दिन से दो या तीन महीने तक चलती है। मृत्यु से पहले अधिक समय रोगी रहने वाला व्यक्ति अधिक समय तक सोता है। मृत्यु के तुरन्त बाद मृत व्यक्ति के पूर्व परलोकगत संबन्धी आकर उसको अपने संरक्षण में ले सकते हैं। जिनका कोई पूर्वगत संबन्धी नहीं होता, उनको परलोक में स्थित सेवा-समिति आकर अपने संरक्षण में ले लेती है। संभावित मृत्यु का समय पूर्वगत संबन्धियों को पहले ही पता चल जाता है।

मृत्यु के बाद पहली प्रतिक्रिया, जो हर मनुष्य की 'एस्ट्रल बॉडी' में व्यापक रूप से होती है, वह यह है कि उसकी वासनाओं के जितने भी स्थूल अंश होते हैं, वे उसके शरीर की बाहरी परिधि में उभर आते हैं। उनकी व्यवस्था ठीक वैसी ही बन जाती है, जैसी भुवर्लोक के सात प्रकार के उपखंडों में होती है, अर्थात, स्थूलतम सबसे नीचे और शरीर में बाहर की तरफ़ और उससे कुछ सूक्ष्म उससे ऊपर और शरीर में दूसरे नम्बर पर अंदर की तरफ। इसी व्यवस्थानुसार सबसे सूक्ष्म सबसे अंदर, परन्तु ऐसी व्यवस्था मृतक के भौतिक जीवन-काल में नहीं होती, क्योंकि मनुष्य अपने जीवन-काल में अपनी दुर्बलताओं एवं वासनाओं को पद और सामाजिक जीवन में संतुलन बनाए रखने के कारण दबाए रखता है और उनका नग्न प्रदर्शन नहीं होने देता, जिसके कारण उसका वास्तविक रूप वे ही जान पाते हैं, जिनका उससे घनिष्ठ संबन्ध होता

है, परन्तु मृत्यु के बाद उसकी वासनाएं प्रबल रूप से बांध को तोड़कर बाहर आ जाती हैं। इसका परिणाम यह होता है कि निद्रा टूट जाने पर वह स्वाभाविक रूप से अपने आपको भुवर्लोक के उस उपलोक में पाता है, जिसका तत्व उसके शरीर में स्थित स्थूलतम वासनामय तत्व है, जो सबसे ऊपर उभरा हुआ है और बहिर्मुखी होने के कारण अमुक उपलोक के तत्व से मेल खाए हुए भी होता है।

उदाहरण के तौर पर एक समाज-सेवी जिसके भौतिक जीवन में परोपकार की भावनाएं सर्वोपरि रही थीं, जो चौथे और पांचवें उपखंड का तत्व है, परन्तु जिसमें विषयवासना के तत्व भी, जो छठे उपखंड का तत्व हैं, सदा अंकित रहे थे और जो पदव्यवस्था बनाए रखने के कारण जीवन-काल में कभी प्रदर्शित नहीं किए गए थे, मृत्यु के बाद प्राणी को अर्द्धचेतन अवस्था में पहले छठे उपखंड में खींच लाएंगे, क्योंकि वासना उस समय सबसे ऊपर उभर आएगी और उस प्राणी को वहां के घिनौने वातावरण में तब तक रुकना पड़ेगा, जब तक वह अपनी एस्ट्रल बॉडी से विषय-वासना के तत्त्वों को मुक्त नहीं कर देता। दूसरे शब्दों में मरने के तुरन्त बाद प्रत्येक प्राणी अपनी मोटी और स्थूलतम प्रकृति के वशीभूत भुवर्लोक के निचले उपखंड की तरफ़ पहले खिंचता है और सूक्ष्म तत्व वाले ऊंचे उपखंड में बाद में प्रवेश करता है।

अतएव उपर्युक्त नियम के अधीन यह आवश्यक नहीं होता कि पिता को पुत्र के साथ, स्त्री को पति के साथ, भाई को बहन के साथ रहने का सौभाग्य प्राप्त हो सके। वहां पर तो सम-विचार और सम-स्वभाव वाले लोग ही साथ रह सकते हैं। पारिवारिक संबन्ध का वहां पर कोई मूल्य नहीं होता, यद्यपि मृत्यु के बाद कुछ समय के लिए यह संपर्क सम्भव होता है, परन्तु दीर्घकालीन स्थायी रूप से पारिवारिक सह-अस्तित्व सम-विचारों पर ही संभव होता है।

इसके अतिरिक्त एक बन्धन और काम करता है। नीचे के उपखंड का निवासी ऊपर वाले को भली प्रकार से देख भी नहीं पाता, क्योंकि उसके शरीर के स्थूल अंश ऊपर वाले मनुष्य के पूरे रूप को, जो सूक्ष्मतर होता है, प्रदर्शित नहीं कर पाते, परन्तु ऊंचे उपखंड का प्राणी नीचे के उपखंड

में आसानी से आ-जा भी सकता है और वहां के निवासी को भली प्रकार देख भी सकता है, यद्यपि उसको वहां का वातावरण अधिक भला नहीं लगता। दूसरी बात महत्त्व की यह भी है कि ऊंचे उपखंड का निवासी नीचे के उपखंड को इतना कष्टदायक अनुभव नहीं करेगा, जितना कि उस खंड का निवासी वहां के त्रुटिपूर्ण वातावरण से दुखी रहेगा।

कभी-कभी नीचे के उपखंड का निवासी ऊपर के उपखंड में जा सकता है, परन्तु वहां प्रकाशित वातावरण सुन्दर होते हुए भी उसे ग्रहणशील नहीं होता।

13

स्वर्गीय जीवन की अनुभूति

चार्ट नम्बर दो या तीन में देखिए, भुवर्लोक भूलोक के चारों तरफ़ एक गोल पट्टी बनाता है। इसका अर्थ यह है कि भूलोक की सीमा से बाहर आकाश में भुवर्लोक की वास्तविक सीमा शुरू होती है और स्वर्ग जहां शुरू होता है, वहां वह समाप्त हो जाती है। यह एक बहुत विस्तृत लोक है।

परन्तु यह भी सत्य है कि पृथ्वी के ऊपर बैठा हुआ मनुष्य भुवर्लोक के किसी उपखंड की अथवा स्वर्गलोक के किसी उपलोक की भी अनुभूति कर सकता है। इस प्रकार की अनुभूति व्यक्तिगत चेतना की विशालता पर ही निर्भर करती है, क्योंकि पृथ्वी की जिस तह पर वह बैठा हुआ है, वहां पर भी भुवर्लोक के किसी विशेष उपखंड की प्रकृति अथवा स्वर्गलोक के किसी उपलोक की प्रकृति प्रत्येक सूक्ष्म तत्व, स्थूल में समाए होने के कारण विद्यमान हैं। स्थूल शरीरधारी मनुष्य यदि योगी है अथवा बुद्धिजीवी है, तब उसको अपनी चेतना को स्वर्गीय जीवन की अनुभूति के लिए भौतिक और वासनामय जीवन से दृष्टि हटाना मात्र ही पर्याप्त होता है।

भुवर्लोक पर जब कोई मनुष्य अपनी वासनाओं को त्यागकर अपनेआपको ऊंचे उपलोक के लिए योग्य बनाता है, तब उसको यह आवश्यक नहीं है कि वह उस स्थान को त्यागकर और एक बड़ी यात्रा करके किसी ऊंचे उपखंड में प्रवेश करे। वास्तव में उसे ऊंचे लोक की विभूति वहीं अनुभव होने लगती है, क्योंकि उसके शरीर में पूर्वस्थित

वासना के वे अंश, जो उसकी दृष्टि को विकृत और धुंधला किए हुए थे, वे अब उसमें नहीं रहे, परन्तु यदि वह अपना वासनामय शरीर (एस्ट्रल बॉडी) त्याग देता है, तब उसका स्थानान्तरण भी हो जाता है और वह स्वाभाविक रूप से नीचे के लोक की सीमा लांघकर ऊपर के लोक में प्रवेश कर लेता है।

इस परिस्थिति को कुछ ऐसे समझने का प्रयास कीजिए कि जब वासना किसी भी रूप में क्षीण होती है और सात्विक विचारों को किसी भी प्रकार से बल मिलता है, तब मनुष्य अपने चारों तरफ़ का वातावरण अधिक सुन्दर और आकर्षक अनुभव करने लगता है। नीच भावों की क्षति और आध्यात्मिक आदर्शों का जन्म ठीक इसी प्रकार से वातावरण को बदल देते हैं, जैसे बर्फ़ से आच्छादित पर्वत की बर्फ़ गर्मी पाकर पानी के रूप में बदल जाती है, पानी वाष्प बनकर हवा में ग़ायब हो जाता है और हरियाली फिर पर्वत पर सफ़ेद की जगह हरी चादर बिछा देती है।

14

स्थूल शरीर के रहते भुवर्लोक की अनुभूति

प्रकृति का यह नियम है कि मानवीय चेतना एक समय में एक ही लोक की अनुभूति कर सकती है। इसलिए जाग्रत अवस्था में संभव नहीं है कि वह किसी ऊंचे लोक का अनुभूत ज्ञान व दिग्दर्शन करने में समर्थ हो सके।

योगी जन जब कभी किसी ऊंचे लोक का दिग्दर्शन करते हैं, तब भूलोक का वातावरण भुलाने के लिए समाधि का सहारा लेते हैं। दिव्य दर्शन की प्राप्ति भी बिना समाधि के संभव नहीं होती। अग्रलिखित श्लोक की पंक्ति से भी उपर्युक्त आशय की पुष्टि मिलती है, जैसे **'ध्यानावस्थित तद्गतेत मनसा पश्यन्ति यं योगिनः'**।

अतएव जब तक हम इस भूलोक में जीवित हैं, साधारणतः भुवर्लोक की अनुभूति केवल स्वप्नावस्था में संभव है, परंतु इस प्रकार की अनुभूति व ज्ञान की स्मृति जागने पर धुंधली पड़ जाती है। इसका मुख्य कारण यह है कि भुवर्लोक की स्मृति, जो हमको स्वप्न द्वारा मिलती है, उसकी छाप हमारे भौतिक शरीर के मस्तिष्क पर नहीं पड़ती। अतएव जागने पर वे घटनाएं, जो हमने स्वप्न में देखी थीं, उन्हें हम क़रीब-क़रीब भूल जाते हैं और उनकी याद उसी समय रह सकती है, जब हम स्वप्न देखने के बाद तुरन्त जाग जाएं और उस घटना को दोहरा लें।

परन्तु मृत्यु हमारे जीवन में एक मौलिक परिवर्तन कर देती है, क्योंकि न उस समय हमारे पास स्थूल शरीर होता है और न ही स्थूल मस्तिष्क। चेतना पूर्ण रूप से हमारी एस्ट्रल बॉडी द्वारा प्रेरित होती है

और हम वहां के जीवन को ऐसा ही अनुभव करेंगे, जैसे कि हम जीवित अवस्था में भूलोक में करते हैं।

जीवित अवस्था में भुवर्लोक का अनुभूत ज्ञान केवल एक ही रास्ते से संभव हो सकता है। वह रास्ता यह है कि हम कुछ समय के लिए अपने इन्द्रियजनित ज्ञान से मुक्त हो जाएं। ऐसा करने के लिए बहुत से साधन प्रयोग में लाए जाते हैं। इन साधनों को हम दो श्रेणियों में विभक्त कर सकते हैं। एक वह है, जिससे हम बलात् इन्द्रियों को शिथिल करते हैं और दूसरा मार्ग वह है, जब हम शनैः शनैः ऐसा अभ्यास करें, जिससे हमें अपनी इन्द्रियों पर पूर्ण आधिपत्य प्राप्त हो सके। इन्द्रियों को बलात् शिथिल करने के लिए बहुत से लोग भंग, गांजा और चरस का प्रयोग करते हैं। इन नशीली चीज़ों से अर्द्धचेतना अवस्था आ जाती है और कभी-कभी मूर्च्छा भी हो सकती है। अर्द्धचेतना व पूर्ण मूर्च्छा होने से अमुक मनुष्य को भुवर्लोक के नीचे के उपलोकों को आभास मिलने लगता है। ऐसी अवस्था में कभी-कभी किसी मृतक संबन्धी के भी दर्शन हो जाते हैं। कुछ अरब देशों में दरवेश लोग ऐसी स्थिति प्राप्त करने के लिए एक टोली बनाकर नाचना शुरू कर देते हैं। यह नाच गोलाकार रूप में किया जाता है और भावावेश में होने के कारण उनका सिर घूमने लगता है और फिर कुछ मूर्च्छा आ जाती है। इस प्रकार प्राप्त मूर्च्छावस्था में वे भुवर्लोक के निवासियों से संपर्क करने में समर्थ हो जाते हैं।

लॉर्ड टेनिसन का सूक्ष्म जगत् की अनुभूति का अपना एक निराला तरीक़ा था। लॉर्ड टेनिसन अपने समय के प्रख्यात कवि थे और आध्यात्मिक जगत में विश्वास करने वाले एक क्रियाशील योगी भी थे। उनके ऊंचे जीवन का आभास उनकी कई हस्तलिपियों से मिलता है, जो उन्होंने सन् 1874 में लिखी थीं। उनके एक ऐसे लेख का छायानुवाद इस प्रकार है—

'मुझे कभी भी कोई दैवी ज्ञान मूर्च्छाजनित औषधि के सेवन से नहीं हुआ, परन्तु उसकी अनुभूति एक प्रकार की जाग्रत यौगिक अवस्था में होती थी। इस अवस्था को मैं, जबकि मेरा बाल्यकाल था, अपने नाम का बारंबार उच्चारण करने से प्राप्त कर लेता था।

'इस अवस्था में मेरा व्यक्तित्व स्वयं विलीन हो जाता था और मैं एक असीम में समा जाता था। कदाचित कोई समझे कि यह कोई भ्रान्ति होती होगी, सो मैंने ऐसा कभी नहीं अनुभव किया, क्योंकि उस समय मेरे विचार, दृष्टिकोण और निश्चय बिल्कुल पूर्ण होते थे और स्पष्ट भी। भाषा उस स्थिति को बयान करने में असमर्थ है। मृत्यु उस स्तर पर एक हास्यास्पद और असंभव घटना होती थी और मेरे व्यक्तित्व की विलीनता में एक वास्तविक जीवन निहित होता था। मैं अपने इस अधूरे वर्णन के लिए बहुत लज्जित हूं, परन्तु मैं पहले ही कह चुका हूं कि भाषा व शब्द इस स्थिति को दर्शाने में असमर्थ हैं।'

भारतवर्ष में इस स्थिति को प्राप्त करने के लिए कुछ लोग हठ योग की साधना भी करते हैं। इस साधना द्वारा साधक अपने स्थूल शरीर के किसी अंग पर नियंत्रण करने का प्रयास करता है। जैसे एक टांग पर खड़ा रहना अथवा सूर्य को सतत देखने का अभ्यास करना इत्यादि, परन्तु ऐसा करने से कभी-कभी दुष्परिणाम निकल सकते हैं और कोई अंग बेकार हो सकता है। अतएव हम अपने पाठकों को इस पर आचरण करने की कभी भी सलाह नहीं देंगे।

कुछ लोग इस प्रकार की स्थिति को पैदा करने के लिए 'हिप्नोटिज़्म' (सम्मोहन-क्रिया) का प्रयोग करते हैं। ऐसा करने से बड़े अच्छे परिणाम निकल सकते हैं, परन्तु 'हिप्नोटिज़्म' करने वाला यदि स्वच्छ और पवित्र विचार का मनुष्य नहीं है, तब जिस पर वह सम्मोहन निद्रा का प्रभाव डालेगा, उसके सूक्ष्म शरीर को दूषित कर सकता है और ऐसा होने से उसके सूक्ष्म शरीर को दूषित कर सकता है और ऐसा होने से उसके आध्यात्मिक विकास में एक बहुत बड़ी बाधा उपस्थित हो सकती है।

सबसे उत्तम और निरापद तरीक़ा इस दिशा में अपने आचरण को पवित्र रखते हुए 'ध्यान योग' द्वारा साधना है। यदि मनसा, वाचा, कर्मणा हमारा जीवन पवित्र हो सकता है, तब एकाग्र चिन्तन (मेडीटेशन) से जो प्रगति होगी, उसमें न किसी प्रकार की हानि की संभावना है और न ही किसी प्रकार का अनिष्ट हो सकता है।

15

पारलौकिक जीवन की विशेषताएं

जैसा कि पिछले अध्याय में बताया जा चुका है, मृत्यु के तुरन्त बाद साधारणतः एक निद्रा आ घेरती है। जिनको मरने से पहले अधिक समय तक बीमार रहना और कष्ट उठाना पड़ा हो, उनकी इस निद्रा का समय लंबा होता है। जागने पर जो पहली अनुभूति मृतक को होती है, वह एक हलकेपन की है। इतना हलकापन कि वह आसानी से हवा में भी उड़ सके। शरीर बिल्कुल स्वस्थ नज़र आएगा। किसी प्रकार की वेदना व पीड़ा, जो उसे जीवन-काल में सताती रही होगी, सब समाप्त हो जाती है।

दूसरी बात जो पारलौकिक जीवन में सबसे अधिक महत्त्व की है, वह है कि यद्यपि उसकी एस्ट्रल बॉडी (वासनामय कोष) में स्थूल शरीर के अनुरूप हाथ, पैर, आंख, नाक आदि अंग विद्यमान रहते हैं, पर वह अपने शरीर के एक-एक कण से देख सकता है, अर्थात् वह आगे, पीछे, ऊपर, नीचे एवं किसी दीवार के आरपार एक ही समय में सब कुछ देख सकता है। तीसरे, अपने चारों तरफ़ जो दुनिया वह देखता है, वह सब बिल्कुल वैसी ही होती है, जो मरने से पहले वह अपने चर्म-चक्षुओं से देखता था। अन्तर केवल इतना होता है कि यदि मृतक पुरुष उन सब चीज़ों को ध्यानपूर्वक देखे, तो उसे पता लगेगा कि जिनको वह पहले एक ही तरफ़ से देख सकता था, अब वह उन्हें चारों तरफ़ से देख सकता है। उसे प्रत्येक वस्तु के कण (एस्ट्रल एटम्स) इस तेज़ी से चक्कर काटते नज़र आएंगे, जैसे सिनेमा के पर्दे पर समीप से देखने पर तस्वीर हिलती नज़र आती है। चौथे, भुवर्लोक का प्राणी भूलोक में स्थित किसी

भी पुस्तक को आलमारी से बिना निकाले पढ़ सकता है। स्थूल जगत् की दीवारें अब उसके लिए कोई बाधा उपस्थित नहीं करतीं, क्योंकि वह बड़ी आसानी से उनके बीच में से भी गुज़र सकता है।

भुवर्लोक के संबन्ध में वहां का एक प्राकृतिक नियम बताना बड़ा आवश्यक है। यह लोक एक अर्थ में हमारे भूलोक का एक अभिन्न अंग है, क्योंकि जितनी वस्तुएं हम इस स्थूल जगत में देखते हैं, उन सब में भुवर्लोक के तत्व वासना का एक सूक्ष्म, परन्तु उस वस्तु के अनुरूप एक ढांचा उसमें समाया हुआ भी रहता है और कुछ बाहर की तरफ़ निकला हुआ भी रहता है।

यही कारण है कि मृत्यु के बाद जब हमारा भौतिक शरीर नष्ट हो जाता है, तब हम अपनी एस्ट्रल बॉडी के माध्यम से अपने चारों तरफ़ स्थित भौतिक शरीरधारी इष्टमित्रों को एवं मकान, दीवार, मेज़, कुर्सी को ठीक उसी अवस्था में पाते हैं, जैसा कि हमने उनको अपनी जीवित अवस्था में देखा था। हम उन सबकी स्थूल देह नहीं देख पाते, परन्तु उनकी वासना देह (एस्ट्रल बॉडी) अवश्य देख सकते हैं और यह अनुभव भी कर सकते हैं कि वे सुखी हैं अथवा दुखी हैं। जीवित बंधु मृतकों को इसलिए नहीं देख पाते, क्योंकि उनके चर्म-चक्षु भुवर्लोक के वासनामय सूक्ष्म तत्त्वों से निर्मित एस्ट्रल बॉडी को देखने की क्षमता नहीं रखते। ऐसे ही मृतक जब अपने इष्ट-मित्रों को देखता है, तब वह उनके अंदर व्याप्त सूक्ष्म अंश को ही देख पाता है, भौतिक शरीर को नहीं।

उपर्युक्त नियम के अपवाद में कुछ ऐसी घटनाओं की रिपोर्टें भी मिलती हैं कि अमुक मृतक ने मृत्यु के तुरन्त बाद अपना स्थूल शरीर पलंग पर पड़ा हुआ देखा। उसका कारण यह है कि मृत्यु के तुरन्त बाद बहुत से मनुष्य चेतना को पूरी तरह से कुछ समय तक भुवर्लोक में स्थित नहीं कर पाते और उनके सूक्ष्म शरीर में आकाश (ईथर) तत्व, जो भूलोक का अंश है, उनकी एस्ट्रल बॉडी से चिपका रह जाता है। उससे पूर्ण रूप से मुक्ति कभी-कभी कुछ दिनों के बाद मिलती है। ऐसी अवस्था में वे न तो पूरी तरह से भूलोक से अलग होते हैं और न ही पूरी तरह से भुवर्लोक में पदार्पण कर पाते हैं। उनको इसलिए भूलोक का स्थूल तत्व कुछ धुंधले रूप में दिखाई देता रहता है और दूसरी तरफ

भुवर्लोक और वहां के निवासियों की धुंधली अनुभूति भी उनको होती रहती है। ऐसी परिस्थिति में वे लोग एक बीच की दुनिया में, जिसे 'ग्रे वर्ल्ड' कहते हैं, निवास करते रहते हैं। भौतिक जीवन से तथा यहां के रहने वालों से एवं यहां की वस्तुओं से अत्यधिक लगाव ही ऐसे दुखदायी जीवन का मुख्य कारण होता है। समय के व्यतीत होने पर ऐसे लोग जब मोह के अंधकार से मुक्त होते हैं, तभी उनकी दृष्टि से भूलोक की स्थूल वस्तुएं ओझल होना शुरू हो जाती हैं और भुवर्लोक का सूक्ष्म और रमणीक दृश्य पूर्ण रूप से दिखाई देना शुरू हो जाता है।

भुवर्लोक पूरे अर्थ में न तो वह स्वर्ग है, जहां जीवन सदैव आनन्द से विभोर रहता है और न वह नरक है, जिसकी भयंकर रूप-रेखा हिन्दुओं के धार्मिक ग्रन्थों ने प्रस्तुत की है और जिसकी कोई वास्तविकता भी नहीं है।

यह कहना अनुचित नहीं होगा कि भुवर्लोक स्वर्गीय जीवन की विभूतियों से हीन होते हुए भी नीचे के दो उपखंडों को छोड़कर मोटे तौर से भूलोक के मुक़ाबले में अधिक सुचारु और सुविधाजनक स्थान है। यह लोक कलाकार, समाजसेवी और बुद्धिजीवियों के लिए अधिक आकर्षक और सुलभ स्थान है। उदाहरण के तौर पर बहुत-सी ऐसी समस्याएं, जिनसे जनसाधारण भूलोक में परेशान रहता है, वहां पर नहीं होतीं, जैसे उदरपूर्ति के लिए किसी व्यवसाय को जुटाना अथवा कहीं नौकरी तलाश करना, क्योंकि वहां न तो द्रव्य की आवश्यकता है, न उसकी कोई क़ीमत है और न ही भूख सताती है। अतएव भोजन की समस्या समाप्त। एक जगह से दूसरी जगह जाने के लिए ट्रांसपोर्ट की समस्या समाप्त, क्योंकि वहां तो केवल सोचने भर की ज़रूरत है और आप दिल्ली से मुंबई पहुंच जाएंगे। वहां मकान की समस्या, कपड़ों की समस्या, नींद और थकान की समस्या, सब समाप्त हो जाती हैं। विशेषकर वे लोग, जो पैसा कमाने के अतिरिक्त जन-सेवा, अध्ययन, कला, विज्ञान और भक्ति के स्तर पर भी कुछ सोचना जानते हैं, उनके लिए भुवर्लोक एक आकर्षक और बहुत उपयोगी स्थान होता है।

भुवर्लोक में मकान और अट्टालिकाएं ऐसी ही बनी होती हैं, जैसी भूलोक में, परन्तु उनका निर्माण केवल कल्पना मात्र से हो जाता है।

चूना, मिट्टी, राज-मज़दूरों की उनके निर्माण में कोई आवश्यकता नहीं होती। उनके लिए एक विशेष प्रकार के विचारों का प्रसार अवश्य किया जाता है, जिससे कल्पनातीत मूर्ति एक वास्तविक रूप धारण कर लेती है। ठीक इसी प्रकार से फूलों, पौधों, वृक्षों और वाटिकाओं का निर्माण किया जाता है। ये स्थान निर्माण के बाद ऐसे ही ठोस, सत्य और स्थायी होते हैं, जैसे भूलोक में निर्मित इमारतें दिखाई देती हैं।

भुवर्लोक में अपने विचारों के आदान-प्रदान के लिए भाषा का प्रयोग आवश्यक नहीं होता। वहां पर किसी विशेष देश और जाति का मनुष्य भी किसी ऐसे प्रदेश में जाकर, जहां की भाषा से वह सर्वथा अनभिज्ञ है, बड़ी सुगमता के साथ अपने आशय को व्यक्त कर सकता है। यह सब कुछ इसलिए संभव हो जाता है, क्योंकि वहां पर विचार मूर्तिमान बनकर भी व्यक्त होते रहते हैं। इस लोक में कोई किसी को झूठी बात कहकर धोखा नहीं दे सकता, क्योंकि विचारों द्वारा जो मूर्तियां बनती हैं, उन्हें छिपाना कठिन है।

भाषा और विचारों के रंग भी होते हैं और रूप भी, जो उनके पीछे छिपी हुई आकांक्षाओं को दर्शाते हैं। उदाहरण के तौर पर गुलाबी रंग प्रेम का सूचक है, नीला भक्ति-भाव का, पीला विचारशीलता का, मटमैला नैराश्य-भाव का और हरा जन-सेवा का इत्यादि।

एक प्रश्न बहुधा किया जाता है कि जब मृत्यु के बाद भौतिक शरीर तो रहता नहीं, तब यह कैसे संभव हो सकता है कि हम अपने संबन्धियों और मित्रों को जो हमसे पहले मर चुके हैं, पहचान पाएंगे या वे हमें पहचान सकेंगे। इस प्रश्न का उत्तर बहुत सरल है। वास्तव में मरने के बाद जिस सूक्ष्म शरीर द्वारा हम वहां क्रियाशील होते हैं, उसकी रूप-रेखा बिल्कुल ऐसी होती है, जैसे एक कलाकार (आर्टिस्ट) कार्टून बनाते समय अमुक व्यक्ति की रूप-रेखा खींच देता है और हम अनायास यह जान लेते हैं कि यह किस नेता की आकृति है। यही नहीं, बल्कि वह व्यक्ति यदि किसी विशेष प्रकार के कपड़े पहनता है, वे 'एस्ट्रल बॉडी' पर दिखाई देते हैं।

भुवर्लोक में यातायात के साधनों की कोई समस्या नहीं है। यदि आपको किसी विशेष स्थान पर जाने का विचार आता है, तब आप तुरन्त ही वहां अपने आपको पहुंचा पाएंगे। परलोक में खाने-पीने की भी

कोई समस्या नहीं होती, क्योंकि शरीर को जीवित रखने के लिए वहां पर खाना-पीना आवश्यक नहीं होता, यद्यपि यहां से गए हुए बहुत-से व्यक्ति वहां पर आवश्यक तौर पर किसी अमुक प्रकार के भोजन की इच्छा करते हैं और वह भोजन भी और वस्तुओं की तरह तुरन्त तैयार होकर उनके पास उपस्थित हो जाता है।

भोजन का रूप और तत्त्व सब वहां के लोक की एक स्वाभाविक देन है, जिसको नवागत अपनी केवल लिप्सा अथवा इच्छा को शान्त करने के लिए खाता है, पोषण के लिए नहीं। धीरे-धीरे यह लिप्सा स्वयं शान्त हो जाती है और फिर वहां के निवासी को जीवित रहने के लिए किसी प्रकार के भोजन की आवश्यकता नहीं होती।

16

आत्मघात और अकालमृत्यु

आत्मघात से अथवा दुर्घटना से जब किसी मनुष्य की मृत्यु होती है, तब उसका पारलौकिक जीवन साधारण मनुष्यों के मुक़ाबले कुछ भिन्न होता है।

साधारणतः लंबे रोग या वृद्धावस्था में क्षीण और जर्जर अवस्था के कारण मरने पर मनुष्य की वासनाएं भी बहुत कुछ क्षीण हो जाती हैं। ऐसी अवस्था में मरने वाला अपने भौतिक प्रेम और सांसारिक मोह को भी बहुत कुछ त्यागने में सफल हो जाता है। ऐसे लोग अपने आपको भुवर्लोक के ऊपर वाले उपखंडों में पाते हैं और एक लम्बी निद्रा के बाद परलोक में जागते हैं, परन्तु दुर्घटनाग्रस्त मनुष्य अथवा जिसने आत्मघात का सहारा लिया हो, ऐसे लोग बिना किसी तैयारी के और असमय में मरते हैं। इसलिए उनके सूक्ष्म कोष उसी प्रकार से स्थूल शरीर को फाड़कर निकलते हैं, जैसे कि दुर्घटना से उनका स्थूल शरीर ध्वस्त होता है। ऐसी परिस्थिति में ऐसे व्यक्ति में बहुत कुछ मोटी-मोटी नीचे के उपलोकों की स्थूल प्रकृति ठीक इसी प्रकार से चिपकी रह जाती है, जैसे कच्चे फल के काटने पर गुठली के साथ गूदा चिपका रह जाता है।

दुर्घटनाग्रस्त एवं आत्मघाती अधिकतर भुवर्लोक के सातवें उपखंड अर्थात सबसे नीचे वाले उपलोक में अपने आपको पाता है। यद्यपि भुवर्लोक का यह सातवां खंड किसी प्रकार भी वांछनीय निवास-स्थान नहीं होता। अकाल, दुर्घटनाग्रस्त मृत्यु वालों में भी जिन व्यक्तियों का जीवन पवित्र और उदार रहा होता है, उन्हें इस खंड में कोई विशेष विषमता

की अनुभूति नहीं होती, क्योंकि अधिकतर उनका समय एक आनन्दित भुलावे अथवा शान्त निद्रा में कटता है, परन्तु जो पाशविक वृत्ति से उन्मत्त, स्वार्थी अथवा भोगासक्त रहे होते हैं, उन्हें इस अवांछनीय स्थान में पूर्ण चेतना रहती है। इसलिए ऐसे लोग इन घृणित और अर्द्ध-अंधकारमय वातावरण में अपनी वासनाओं की तृप्ति के लिए किसी भी भोगासक्त व्यक्ति के शरीर में अथवा जो क्रोध और निर्दयता के आवेश में उन्मत्त हो, ऐसे के शरीर में प्रवेश करके उसकी भावनाओं को बढ़ावा देने का प्रयास करते हैं। दूसरे शब्दों में ऐसे लोग नरपिशाच का रूप धारण कर लेते हैं।

भुवर्लोक में गिरे हुए लोगों को गिराना बहुत सरल होता है और ये पिशाच दुराचारी लोगों को अथवा सरल स्वभाव वाले लोगों को बुराई में बड़ी आसानी से ढकेल देते हैं, परन्तु पवित्र और शुद्ध आचरण वालों के सामने उनकी कुछ नहीं चलती। जब तक कोई मनुष्य अपने अंदर किसी नीच वासना को जन्म नहीं देता, तब तक ये उसका कुछ भी नहीं बिगाड़ सकते।

जिन विकसित पुरुषों की अन्तर्दृष्टि खुल जाती है, वे इन अभागों के झुंड क़साई की दुकानों के आसपास, वेश्यालयों में व मयख़ानों में देख सकते हैं।

भूलोक में ऐसे पतित लोगों को जब अपने सरीखा पिशाच मिल जाता है, तब उनका भंयकर दुर्भाग्य होता है। ऐसा होने से परलोक में उनके घृणित जीवन में केवल वृद्धि ही नहीं होती, बल्कि उनमें बुरे कर्म करने की प्रवृत्ति भी बढ़ जाती है।

आत्मघाती के लिए एक विशेष उल्झन इस बात से होती है कि उसके इस कार्य से जीवात्मा का अपने नीचे के कोषों से कुछ समय के लिए संबन्ध लुप्त-सा हो जाता है, जिसके कारण उसका मानसिक संतुलन अस्त-व्यस्त हो जाता है। दूसरे, क्योंकि वह आत्मघात की योजना पहले से बनाए हुए होता है, इसलिए यह योजना उसके मन में बारंबार चक्कर काटती रहती है और जब उस योजना को वह पूरी कर लेता है, तब वह उस आत्मघात के ड्रामे को बारंबार दोहराता रहता है और वर्षों तक दोहराता रहता है।

ए. पी. सीनेट का एक समय भुवर्लोक संबन्धी अन्वेषण करते हुए एक ऐसी लड़की से सम्पर्क हुआ, जिसने टेम्स नदी में डूबकर आत्मघात किया था। वह लड़की आत्मघात करने के बीस साल बाद तक भी टेम्स नदी में कूदने का अभिनय करती पाई गई। प्रायः अभिनय दिन के उसी समय किया जाता है, जब आत्मघाती ने अपने प्राण हनन किए थे और वह व्यक्ति वे ही सब साधन प्रयोग में लाता है, जिनके द्वारा उसने अपनी जीवन-लीला समाप्त की थी।

जिस प्रकार एक तालाब में एक ढेला फेंक देने से तरंगें गोलाकार रूप बनाकर दूर तक उठती चली जाती हैं, उसी प्रकार एक आत्मघाती अपने मानस-रूपी तालाब में अपना हनन करके एक ऐसा ढेला फेंक देता है, जिससे उसके कुकृत्यों की तरंगें बारंबार पैदा होती रहती हैं, जिन पर उसका कुछ भी बस नहीं चलता।

क्योंकि मानसिक तत्त्व तो पानी से भी कहीं अधिक सूक्ष्म है, अतएव उसकी तरंगों की पुनरावृत्ति की भी कोई सीमा नहीं होती।

चार्ट नं. 4

आचार-विचार के अनुसार वर्गीकरण	भुवर्लोक में अवधि	स्वर्गलोक में अवधि
1. अध्यात्म मार्ग के अनुयायी, कलाकार, दार्शनिक, कवि और ऊंचे विचार के धार्मिक नेता और वैज्ञानिक	1 से 5 वर्ष तक	400 से 700 वर्ष तक
2. औसत दर्जे के भले आदमियों से कुछ अधिक भले, न्यायप्रिय आदर्शवादी, सच्चे और धार्मिक बुद्धिजीवी, समाजकल्याणकर्ता और परोपकारी	20 से 30 वर्ष तक	300 से 500 वर्ष तक
3. औसत दर्जे के शहरी व्यापारी, धर्म में विश्वास रखने वाले और अकारण किसीका बुरा न चाहने वाले	25 से 50 वर्ष तक	200 से 300 वर्ष तक
4. मध्यम वर्ग एवं नीचे के स्तर वाले छोटे दुकानदार, कार्यकर्ता, संकुचित विचार वाले और स्वार्थी	40 से 80 वर्ष तक	100 से 200 वर्ष तक
5. मज़दूर-पेशा एवं अंधविश्वासी	50 से 100 वर्ष तक	स्वर्गलोक में कुछ समय के लिए अर्द्धचेतनावस्था में
6. अशिक्षित, आलसी और जंगली	50 से 100 वर्ष तक	भुवर्लोक के बाद पुनर्जन्म, स्वर्गीय जीवन से वंचित
7. सबसे अधिक नीच, निर्दयी, स्वभाव से अपराधी स्त्री और बच्चों को सताने वाले	5 से 150 वर्ष तक	भुवर्लोक के बाद पुनर्जन्म, स्वर्गीय जीवन से वंचित

17

पारलौकिक जीवन की अवधि

भुवर्लोक में मानव जीवन कितना समय लेता है, यह भी एक बहुत बड़ा प्रश्न है। निश्चित रूप से कुछ कह पाना कठिन है, परन्तु अन्वेषण के बाद जो आंकड़े प्राप्त किए गए हैं, उनके आधार पर आगे दिए गए चार्ट नं. 4 में इसकी अवधि बताने का प्रयास किया गया है। भुवर्लोक में यह अवधि मनुष्य के व्यक्तिगत आचार और विचार पर निर्भर करती है। अतएव इस चार्ट में उसके आधार पर अवधि संबन्धी मानव-जाति का वर्गीकरण कर दिया गया है।

जैसा कि पहले बताया गया है, वासनामय शरीर (एस्ट्रल बॉडी) त्यागने पर मनुष्य की एक दूसरी मृत्यु होती है और उसी समय मनुष्य भुवर्लोक को त्यागकर स्वर्गलोग को प्रस्थान करता है।

स्वर्गलोक के संबन्ध में केवल इतना ही कहना उचित होगा कि यहां साधारणतः मनुष्य सौ साल से पांच सौ या सात सौ साल तक रहता है। वहां पर न हूरें रहती हैं और न ही वहां पर अप्सराओं का कोई अखाड़ा है। शराब और शहद की कोई नदी भी वहां नहीं बहती है। जिन लोगों को भुवर्लोक में अपने पूर्वगत सगे और संबन्धी नहीं मिल पाते, वे सब स्वर्ग में अवश्य मिलते हैं।

जिस प्रकार धर्म के ठेकेदारों द्वारा स्वर्ग (बहिश्त) की खींची गई तस्वीर सच्चाई से कोसों दूर है, उसी तरह नरक (दोज़ख़) जिस रूप में प्रस्तुत किया गया है, वह भी भुवर्लोक में कहीं दिखाई नहीं देता। भुवर्लोक का सबसे नीचे का सातवां उपखंड एक अज्ञात भय का आभास

अवश्य देता है, क्योंकि वहां का वातावरण कुछ अंधकारमय है और मन को सदा आक्लान्त करता रहता है। यह सब कदाचित इसलिए होता है, क्योंकि वहां के निवासी अधिकतर नीच प्रवृत्ति के होते हैं, जो वहां के वायुमंडल को अपने विचारों से दूषित करते रहते हैं।

स्वर्गीय जीवन इसलिए सुन्दर और सुखदायक होता है, क्योंकि वासना शरीर जिसकी प्रेरणा से मनुष्य नाना प्रकार के दुख और संताप भोगता है, उसे भुवर्लोक में ही छोड़ देता है।

18

परलोक-संबन्धी कुछ नियम

1. मृत्यु से मानव जीवन का अंत नहीं होता। मृत्यु के बाद भी जीवन है और वह एक वास्तविकता है।
2. स्थूल शरीर मनुष्य नहीं है। असली मानव जीवात्मा है, परन्तु वह भौतिक शरीर से, मानवीय इच्छाओं से और उसके विचारों से भी परे है, अर्थात जो कुछ मनुष्य चाहता है, व सोचता है, उससे उसकी आत्मा का कोई संबन्ध नहीं होता।
3. मनुष्य का केवल स्थूल शरीर ही नहीं है। उसके और भी शरीर होते हैं, जो एक के बाद दूसरे सूक्ष्मतर तत्त्वों के बने हुए हैं। वे सब मिलाकर पांच हैं और एक-दूसरे में समाए हुए हैं। हिन्दू शास्त्रों के अनुसार उनके नाम हैं, अन्नमय कोष, प्राणमय कोष, मनोमय कोष, विज्ञानमय कोष और आनन्दमय कोष। मृत्यु के समय मनुष्य दो शरीर त्यागता है, जो स्थूलतम हैं, अर्थात अन्नमय और प्राणमय कोष। बाकी तीन कोषों के साथ मरने के बाद वह परलोक में जीवन बिताता है। कुछ ऐसा समझिए, जैसे किसी आदमी ने अपने शरीर पर बनियान, क़मीज़, स्वेटर, वास्कट और कोट पांच कपड़े पहन रखे हैं, परन्तु परलोक में रहने के लिए उसने वास्कट और कोट उतार दिए हैं। अंतर केवल इतना होता है कि कपड़े एक-दूसरे पर पहने जाते हैं, परन्तु ये शरीर एक-दूसरे में समाए हुए होते हैं।
4. जीवन का सबसे बड़ा रहस्य बहुत विचित्र है। जिन शरीरों की

प्रेरणा से मनुष्य 'मैं' और 'मेरा' कहता है, वे अपने असली आत्मतत्त्व से भिन्न हैं, परन्तु उनका अपना अस्तित्व भी नहीं है, क्योंकि वे जीवित और क्रियाशील हैं, तो केवल आत्मा के संयोग से। आत्मानुभूति की अवस्था में जब चेतना आत्मा में स्थित होती है, तब 'मैं' और 'मेरा' कुछ भी नहीं रहता है। चेतना जब पहले चार शरीरों तक सीमित होती है, तब ही 'मैं' और 'मेरा' कायम रहते हैं। पांचवें कोष में चेतना के आते ही ये हवा हो जाते हैं। उस समय तो आत्मा विश्व का आधार बन जाती है।

5. परलोक (भुवर्लोक अथवा एस्ट्रल प्लेन) कोई दूर सितारों में बसा हुआ लोक नहीं है। उसका अस्तित्व पृथ्वी के चारों ओर स्थित आकाश में हैं।
6. मनुष्य की पांच ज्ञानेंद्रियां केवल भूलोक की भौतिक सृष्टि का ज्ञान दे सकती हैं। परलोक और पारलौकिक जीवन संबन्धी ज्ञान इन्द्रियों की क्षमता से परे है।
7. जब तक मनुष्य की चेतना स्थूल जगत से अलग नहीं होती, परलोक या परलोकवासियों से किसी प्रकार का संपर्क संभव नहीं होता। परलोक से संबन्ध तभी स्थापित हो सकता है, जब स्थापित करने के लिए मनुष्य या तो निद्रा में हो या उस पर पागलपन का असर हो या वह समाधि में हो या फिर मृत्यु के बाद स्थूल शरीर से हीन हो जाए। किसी विशेष अवस्था में जब व्यक्तिगत संस्कार प्रबल होते हैं, तब किसी मनुष्य में परलोक दृष्टि (एस्ट्रल साइट) विकसित हो जाती है। ऐसा व्यक्ति जाग्रत अवस्था में भी परलोकगत आत्मा को देख सकता है। (**पीछे दिए केस नं. 5 और 7 को फिर पढ़िए**), परन्तु इसको अपवाद ही समझना चाहिए। मृत्यु से पहले मरणासन्न व्यक्ति भी परलोकगत लोगों को देखने में समर्थ पाए गए हैं।
8. परलोक (भुवर्लोक) के प्राकृतिक तत्त्व वासनाएं होती हैं। काम, क्रोध, मोह और लोभादि विकार इसी तत्त्व की सृष्टि हैं। जब तक ये विचार मनुष्य में घर किए रहते हैं, तब तक उसका जीवन परलोकबद्ध रहता है और वह स्वर्गीय जीवन से वंचित रहता है।

9. प्रत्येक जीव जिसके स्थूल शरीर हैं अथवा प्रत्येक वस्तु जो जड़ पदार्थ से बनी है, उसके साथ उसी के अनुरूप एक वासना शरीर भी जुड़ा रहता है। परलोकवासी हमें हमारे वासना शरीर से पहचान सकते हैं। स्थूल शरीर अथवा मूल जड़ पदार्थ उन्हें दृष्टिगोचर नहीं होते, क्योंकि उनके पास अब चर्म-चक्षु नहीं रहे होते।

10. विषय-वासना की आसक्ति में फंसा जीव परलोक (एस्ट्रल प्लेन) के सबसे नीचे के सातवें या छठे उपखंडों में निवास करता है, जिन्हें हम नरक कह सकते हैं। जीवन वहां पर धूमिल, मैला और उदासीन होता है। मारपीट और यातनाओं का जो विवरण हमको धार्मिक पुस्तकों से मिलता है, वह केवल एक भ्रान्ति है।

11. वासना जगत (परलोक) के स्थूलतम तत्व काम, क्रोध और घृणा होते हैं। इनसे कुछ हलके तत्त्व लोभ, मोह और अभिमान हैं। मृत्यु के समय स्थूलतम सबसे बाहर की तरफ और स्थूलतर अंदर की तरफ़ स्थूलतम के नीचे की तरफ़। इस प्रकार जो किसी व्यक्ति में या जिस मात्रा में विद्यमान है, वे उभर आते हैं। इस व्यवस्था के कारण मरने वाला व्यक्ति सबसे पहले स्थूलतम तत्व के आधार पर जो उसके वासना-शरीर (एस्ट्रल बॉडी) में गत जीवन में संचित हो चुका है, उसी के अनुरूप एस्ट्रल प्लेन के उपखंड में सबसे पहले जागेगा। जैसे-जैसे ये तत्त्व उसमें क्षीण होते जाएंगे, वह उससे सूक्ष्मतर अंश वाले उपखंड की तरफ़ खिंचता चला जाएगा, जिसके अनुरूप अंश उसके शरीर में व्याप्त है। जीवित अवस्था में वह अपनी जितनी वासनाओं पर काबू पा लेगा, उतना ही परलोक में उसका स्वयं से संघर्ष भी कम हो जाएगा।

12. प्रत्येक मनुष्य मृत्यु के समय अपने गत जीवन के कारनामे एक फ़िल्म की तरह देखता है। उस समय प्रत्येक जीवात्मा अपने जीवन का स्वयं मूल्यांकन करती है। वह उस समय स्वयं ही अपराधी होती है और स्वयं ही अपने कर्मों की न्यायाधीश बनी होती है। इस दिग्दर्शन का कार्य इतना सुचारु रूप से होता है कि जन्म के पागल भी अपने अन्तिम समय में बिल्कुल स्वस्थ और विचारशील बन जाते हैं।

13. लम्बी बीमारी के बाद मरने वाले मृत्यु के बाद एक लम्बी निद्रा में चले जाते हैं। यह नींद कुछ दिनों से लेकर कुछ महीनों तक चलती है। उस समय उनका संरक्षण परलोकवासी इष्ट-मित्र करते हैं, जो मृत्यु के समय मरणासन्न व्यक्ति को लेने आते हैं। संबन्धियों की अनुपस्थिति में परलोक स्थित सेवा-समिति यह कार्यभार स्वयं संभालती है।

14. मृत्यु के बाद पारलौकिक जीवन स्थायी रूप से सम विचार वालों के साथ सहअस्तित्व और समविकास के आधार पर चलता है, अर्थात् परलोक में सहवास गत भौतिक जीवन के पारिवारिक संबन्ध के आधार पर नहीं होता। अतएव स्त्री-पुरुष, पिता-पुत्र, परलोक में भी साथ रहें, यह आवश्यक नहीं होता।

15. परलोकवासी संबन्धी के लिए प्रार्थना और सद्विचार बहुत सहायक सिद्ध होते हैं, क्योंकि ऐसा करने से उनके विकास में बड़ी सहायता मिलती है। परलोकवासी के लिए रोना और दुखी होना उसके लिए कष्टदायक होता है।

16. जैसे-जैसे परलोकवासी आत्मा अपने सुंदर वासनामय प्रकृति, अर्थात् काम, क्रोध, लोभ और मोह के भावों को क्षीण करता है और प्रेम और सद्भावना के विचारों को जन्म देता है, वैसे-वैसे उसके बाहरी वातावरण में एक सुन्दर और सौम्य जगत की सृष्टि आरम्भ हो जाती है। यह परिवर्तन ऐसे स्वाभाविक ढंग से होता है, जैसे उदाहरण के तौर पर मान लीजिए आपके चारों ओर बर्फ़ के पहाड़ हैं और वे गर्मी पाकर पानी की एक झील में बदल गए हों और अधिक गर्मी से वह पानी की एक झील में बदल गए हों और अधिक गर्मी से वह पानी भी अब वाष्प बनकर उड़ गया हो और झील भी अब एक हरे-भरे उद्यान में बदल गई हो। अतएव परलोक में नरक इसी प्रकार से स्वर्ग में बदल जाता है। यह आवश्यक नहीं है कि कोई विकासशील प्राणी एक लोक से दूसरे लोक में उड़कर पहुंच जाए।

17. मृत्यु के बाद परलोक में मनुष्य की चेतना में एक अपूर्व विस्तार अनुभव होता है, जिसको किसी भाषा में वर्णन करना बहुत कठिन है।
18. परलोक में न रात होती है और न दिन। समय का मापदंड न घंटों से संभव है, न दिन-रात से। वहां पर समय व्यक्तिगत चेतना के उतार और चढ़ाव से नापा जाता है।
19. जिस प्रकार पृथ्वी पर भाले और तलवार से भौतिक शरीर को क्षति पहुंचाई जा सकती है, उसी प्रकार क्रोध और घृणा से एस्ट्रल बॉडी परलोक में क्षतिग्रस्त होती है। ठीक उसी प्रकार प्रेम और प्रार्थना के भाव मृतक को बल देते हैं और उसको विकास की प्रेरणा भी देते हैं।
20. जन्म के लूले, लंगड़े व अपाहिज मरने के बाद अपने सूक्ष्म शरीर में बिल्कुल स्वस्थ और पूर्णांगयुक्त होते हैं। यदि मृत्यु के समय किसी मनुष्य के स्थूल शरीर के हज़ार टुकड़े भी हो गए हों, परलोक में उसका सूक्ष्म शरीर सम्पूर्ण ही होगा। इसके अतिरिक्त परलोक में जब कोई मनुष्य मृत्यु के बाद जागता है, उसका सूक्ष्म शरीर (एस्ट्रल बॉडी) जवानी की अवस्था के सदृश होगा, चाहे उसकी मृत्यु 80 बरस की वृद्धावस्था में हुई हो अथवा बचपन में ही वह चल बसा हो।
21. परलोक में विचारों का आदान-प्रदान बिना बोले भी संभव है और बोलकर भी। ऐसा इसलिए होता है, क्योंकि जब हम कुछ कहना चाहते हैं, तो वह भाषा मूर्तिमय हो उठती है, जिसे दूसरा व्यक्ति बिना सूने भी समझ सकता है। उन मूर्तियों का आकार भी होता है और वे व्यक्तिगत भावनाओं को दर्शाने के लिए रंगीन भी होती हैं। इस सम्बन्ध में यह बताना आवश्यक नहीं है कि प्रत्येक रंग की भी अपनी अलग भाषा है, जैसे गुलाबी रंग प्रेम का द्योतक है, हरा समाज-सेवा का, नीला भक्ति-भाव का और पीला बुद्धि मत्ता का, इत्यादि।

उपसंहार

इस समूचे अध्ययन से हम निम्नलिखित निष्कर्ष पर पहुंचते हैं–

- मृत्यु प्रत्येक शरीरधारी के लिए उतनी ही आवश्यक है, जिस प्रकार एक वृक्ष को अपने फल और पत्ते पक जाने पर उनको त्याग देना आवश्यक हो जाता है, क्योंकि यह क्रिया स्वाभाविक है। अतएव शरीर छोड़ना भी वेदना-रहित होता है।
- परलोक और पारलौकिक जीवन दोनों वास्तविक हैं।
- वासना पारलौकिक जीवन की आधारशिला है। वासना के क्षीण हो जाने पर पारलौकिक जीवन का भी अंत हो जाता है।
- पारलौकिक जीवन को सुखमय और सफल बनाने के लिए परलोक संबन्धी नियम जानना ज़रूरी है, अन्यथा मृत्यु के बाद प्राणी को बहुत सी अज्ञात विषमताएं सताती हैं।

●●●